枯れてこそ美しく

戸田奈津子
村瀬実恵子

集英社

枯れてこそ美しく

はじめに

この本は、映画字幕翻訳者の戸田奈津子さんと元コロンビア大学名誉教授でメトロポリタン美術館東洋部日本美術特別顧問も歴任された村瀬実恵子さんとの対談形式の本です。

国際化が進み、日本語と外国語を流暢《りゅうちょう》に操るバイリンガルやトリリンガルが増えていますが、やはり大半の日本人が外国映画を楽しむためには字幕が欠かせません。女性字幕翻訳者の先駆者であり、これまで50年以上にわたって洋画に字幕をつけてきた戸田奈津子さんは、映画を通して海外の異なる言語や文化を日本に紹介し続けてきました。エンターテインメントというジャンルの中で、戸田さんが積み上げてきた功績が日本のグローバリゼーションの一端を担ったと言っても過言ではないでしょう。海外の映画人とも友情を培ってきた戸田さんがニューヨーク滞在中、長年の友人でもある映画プロデューサーの葛井《くずい》夫妻から紹介されたのが、元コロンビア大学名誉教授の村瀬実恵子さんでした。

戸田さんよりひとまわり年上の村瀬さんは、第二次世界大戦後にフルブライト奨学生としてコロンビア大学美術史考古学部で学び、同大の教授に就任。教鞭《きょうべん》を執りながら専門分野の絵巻物や障壁画をはじめとする日本絵画研究はもちろん、彫刻や工芸、建築、骨董《こっとう》などについても研究を続けました。村瀬さんの研究こそがコロンビア大学が日本美術史の講座を開設する原点となったといえるでしょう。また多くの後進を育成し、村瀬さんの薫陶を受けて世界各国に散っていった教え子たちが日本美術の素晴らしさを世界に広める原動力となりました。聴講生だったメアリー・グリッグス・バーク夫人との生涯にわたる友情によって、村瀬さんは大学教授でありながら美術品キュレーターとしても活躍するという美術界でも稀《まれ》なキャリアを築き上げます。二人の友情によって誕生したのが、個人収集としては日本以外では最大かつ最上級の日本美術コレクションである「バーク・コレクション」です。バーク夫人の死後にメトロポリタン美術館とミネアポリス美術館がそれぞれ収蔵することになったコレクションには、日本に残っていたら重要文化財指定を受けたであろう逸品も少なくなく、夫人に進言した村瀬さんの美意識の高さが伝わってきます。

海外の文化を日本に、日本美術を世界に、と方向性の違いこそあれ、長年にわたって文化の架け橋として活躍してきた戸田さんと村瀬さん。互いの旧友である葛井夫妻を囲んでの食事会で村瀬さんと対面した戸田さんは、すでに卒寿を迎えておられた村瀬さんのバイタリティあふれる言動に深い感銘を受けたといいます。背筋はシャッキリと伸び、食事やワインを楽しみながら、専門分野である日本美術だけでなく、政治や社会問題についても持論を展開する村瀬さんの姿は、いわゆる一般的な高齢者らしくない。ニューヨーク滞在中に二度だけお会いした村瀬さんともっと踏み込んだ話をしたいと思った戸田さんでしたが、コロナ禍で渡米もままならぬ状況になり、急遽《きゅうきょ》、Zoom対談の場を設けることになりました。

少女時代や学生時代のユーモラスなエピソードをはじめ、ファッション談議や元祖キャリア・ウーマンとしての苦労と仕事における功績など戸田さんと村瀬さんが語り合ったテーマはさまざま。「大昔の話」とさわりだけに触れた恋愛話や「美」に対するそれぞれの思い、また第二次世界大戦の戦争体験者ならではの人生に対する心構えから話題の「終活」に至るまで、自分の足でしっかりと人生を歩んできた二人の足跡をたどる対談には、悔いのない人生を送るヒントが詰まっているはずです。

目次

編集協力／山縣みどり
デザイン／ナッティワークス（本橋 健）

Talk About...

トーク1

「おしゃれ」について

「90歳をすぎて
ハイヒールを履いていらっしゃるなんて、
素敵ですね」戸田

「でも、歳をとってきたら、
服選びが少し面倒くさくなっちゃった（笑）。
今はAKRISに頼りっぱなし」村瀬

戸田　先生、ご無沙汰しています。先生にニューヨークでお会いした後で、編集者に「素晴らしい人とお会いしたの」と話したのがきっかけで、この対談を行うことになりました。先生が引き受けてくださって、本当によかった。ありがとうございます。

村瀬　最初にお会いしたのは、アップタウンにあるオイスターバーでしたね。

戸田　ニューヨークに行ったときに、現地に住む葛井夫妻[※]から「素晴らしい人がいるからぜひ、ご紹介したい。一緒に食事をしましょう」と招待されたんですよ。

村瀬　カズさんとフランのご夫妻ね。食事会は少し早めに始めましたでしょう。あの時間に行くと、ハッピーアワーで安いの（笑）。

葛井夫妻
葛井克亮氏とフラン・ルーベル・葛井夫妻。映画配給会社クズイエンタープライズを率い、『写真家の女たち』（1999年）などを配給。フラン監督の『バッフィ／ザ・バンパイア・キラー』続編となるTVシリーズのリブート版を企画中。

戸田　たくさん、いただきました（笑）。その数日後にリトル・イタリーの近くにある、美味《おい》しい北京ダックを出す店に行きましたね。葛井夫妻と先生の会話を聞きながら、なんてすごい方なんだろうと思っておりました。

村瀬　戸田さんの第一印象は、とても若いお姉ちゃんって感じでした。後で戸田さんの本を読んで、実はすごい人だったんだとわかりましたけど。

戸田　先生、たったひとまわり違うだけですから。先生こそ、本当に若々しい。実はお目にかかる前に葛井さんから先生についていろいろ教えていただいていたんですよ。今までなさってこられたお仕事はもちろんですが、とにかく90歳をすぎてハイヒールを履いていらっしゃるとか、すごく背筋がピンと伸びていらっしゃるとか。そんな素敵な先輩にぜひお目にかかりたいと思ったし、実際にお会いしたら本当に颯爽《さっそう》となさっていて驚きました。食事もパクパク召し上がられるし、すごくお元気だから、私もこうありたいと思いました。

村瀬　葛井さんが、私がハイヒールを愛用していると言ったの？

戸田　そうです。先生はいつもハイヒールを履いていらっしゃると教えてくれたので、びっくりしたんですよ。

村瀬　葛井さんと知り合ったのは、そんなに昔のことじゃないけど、彼と会ったときにハイヒールを履いていたかどうか覚えていません。

戸田　葛井さんとしては、かなりお歳を召している先生がハイヒールを履いていらっしゃったのがすごく印象的だったようですよ。

村瀬　葛井さんがご覧になったのは、1〜2センチくらいのヒールがついた靴じゃないかしら？　そりゃ昔は3インチなんてのを履いていましたけど、今はさすがにねぇ。

戸田　3インチって、7・5センチじゃないですか。私はそんなハイヒールは、履いたこともないですよ。でも靴は別にしても、先生は今もおしゃれですよね。お召しになっていらっしゃる服が素敵ですもの。

村瀬　ファッションには子どものときから興味がありました。妹は物語を作るのが好きで、ちょっと不幸な姉妹が幸せをつかむといった話をよく作っていました。私は主人公の姉妹の服をデザインするのが好きでしたね。自慢になっちゃうけど私はわりかし、センスがいいみたい（笑）。昔のアメリカには日本美術を専門にする学者が本当に少なかったから、各地にある美術館の学芸員たちがしょっちゅうニューヨークへ来るわけ。会議や学会があるから。出張でコロンビア大学※に来た美術館員の奥さまと一緒に買い物に行ったことがあるんですが、私がラックにかかっている衣類を試着したり、体に当てたりすると、「あなたは何を着ても似合うわね」って言われましたね。若いころは結構、おしゃれが好きでした。

戸田 今でもおしゃれじゃないですか。先生は自分に似合うファッションを選ぶ目をお持ちなんですよ。美術品を選ぶ目があるから、着るものを選ぶセンスもおありなのね。

村瀬 大学院時代も大学で教えていた時期もお金はそんなに持っていないでしょう。限られた財力とセンスでなんとかやってきました。

戸田 お気に入りのデザイナーやお店はあるんですか？

コロンビア大学
ニューヨーク市にある私立大学で、エリートを輩出するアイビー・リーグの一つ。アメリカがイギリスの植民地だった1754年に設立されたキングス・カレッジが原点の名門校。

村瀬　最近はパンデミックのせいでショッピングができなくて困っていますけど、ここ20年くらいは、AKRIS[※]で揃えることが多いですね。

戸田　あそこのってサイズが全部小さいから、私には着られないわ。

村瀬　ニューヨークの店には、小さいものから大きいものまでありますよ。

戸田　日本だと小さいサイズしかないので、AKRISにはほとんど行きません。私が好きなデザイナーの名前をあげるなら、アルマーニ[※]ですね。

村瀬　お高いブランドね。

戸田　めちゃ高いから、「いい！」と思わないと買いません。そういう決断のもとに買うんですが、やっぱり彼のデザイン

AKRIS
スイスに本社を置く女性向けラグジュアリーブランド。1922年にアリス・クリームラー＝ショッホが創業。

アルマーニ
1975年にジョルジオ・アルマーニが設立したブランド。アパレルのほか化粧品、リゾート開発、レストラン経営など多岐にわたって事業を行っている。

が大好きです。それに、いいものを買うと、ものがいいから飽きないし、長持ちしますよ。

村瀬 確かに。今日、着ているAKRISのセーターも、もう4～5年くらい着続けています。

戸田 「安物買いの銭失い」って、あれはまさに名言ですよね。適当なお店で買ってきた服なんて、ワンシーズンで飽きちゃって、捨てちゃいますから。アルマーニの服ならば10年以上前に買ったものをまだ持っているし、今でもちゃんと着ています。先生は、お洋服を選ばれるときは、何をポイントになさってますか？　色み？　それとも形ですか？

村瀬 やっぱり形でしょうかね。例えばAKRISだったら、このブランドらしい色みとか形とかがあるわけです。だから、それを合わせるだけでうまくスタイリングできちゃう。

戸田　アルマーニも同じです。あのブランドは素敵なスカーフもいっぱい作っているんですが、このスカーフがどの服にもマッチするんです。そういうふうにデザインしてあるのは、本当にすごいと思います。それに、アルマーニのデザインには遊びがある点も好きですね。ちょっとしたところに「わぁ！」と思わせる工夫があって、そういうところも好きだし、身につけていて楽しい気分になります。

村瀬　若いころは、デパートやブティックなどをあちこち見て回って、自分の予算で買える服を一生懸命探したんですよ。今度の原稿料をもらったらあのコートを買おうなんて思うこともあって、ファッションが仕事のモチベーションになっていたりね。

戸田　若いころからおしゃれだったんですね。だから、今もファストファッションの店には行かないわけですね。

村瀬 おしゃれするのが楽しかったのよ。

戸田 若いころは流行を意識なさっていました？

村瀬 トレンドを意識するというよりは、自分が見て素敵だと感じたり、似合う服を買ってましたね。真っ赤なコートだとか、大きな格子縞《こうしじま》のコートとかね。もちろん流行やシーズンごとの人気色も気になりましたよ。ブティックのウインドウに出ていると、「あれが欲しいわ」と物欲も出たし（笑）。

戸田 女ですものね、やっぱり。

村瀬 でも歳をとってきたら、服選びが少し面倒くさくなっちゃった（笑）。今はＡＫＲＩＳに頼りっぱなしで、なんとかやってます。

戸田 私は一軒のお店で全部揃えることはしませんけど、決断はものすごく早いです。ただし目的を決めてショッピングに行くってことは絶対にしません。例えば「今日は黒い式服を買う」と勇んで出かけても、気に入るものは絶対に見つからないの。どんなに探しても無理。だから歩いていて「好きだな」「自分に合うな」と思った服を見つけたら、すぐに店に入って、買っています。

村瀬 試着はなさらないの？

戸田 一応、試着はします。それでサイズが合ったら、お会計して終わり。服を買うときにあれこれ試着する人がいるけど、私はいったん買うと決めたら、ほかに目がいきません。別に決まったルールがあるわけじゃないですよ。やっぱり、センスというか勘というか。自分の好きなものって、自分でわかるじゃないですか。自分で選んで、自分で買って、目的を達するという感じ。こういう買い物の仕方は、男っぽいのかなと思っていたら……。

村瀬 案外、男性のほうが悩むかもしれませんね。

戸田 誰とは言いませんが、知り合いの男性にぐずぐず悩むタイプがいました（笑）。ところで、先生は歳を重ねて、おしゃれの幅が狭まったと感じますか？

村瀬 やっぱり、狭まってますよ。歳をとったから、小綺麗にしておかなくてはと思うんですけどね。

戸田 アクセサリーはどうですか？ 指輪やネックレスは身につけられますか？

村瀬 私はアクセサリーにはあまりお金をかけていません。というか、そんなにお金がなかったの。今は、外出するときはそれなりのアクセサリーをつけるようにはしていますが。

戸田　私の母がアクセサリーを買うのがすごく好きでした。お金持ちじゃないからさほど高いものはありません。でも母はアクセサリーの趣味がとてもよかったし、デザインも私好みです。しかもたくさん遺《のこ》してくれたから、自分ではあまり買わないで、母のアクセサリーを身につけています。

村瀬　アクセサリーといえば、コロンビア大学で教えていたころに面白いことがありました。美術史を学ぶ学生はお金持ちのお嬢さんが多かったんですが、そういう裕福な女子学生のひとりから「先生はいつも同じ指輪をしているけど、何か意味があるんですか？」と尋ねられたの。だから「この指輪しか持っていないのよ」と正直に言いました（笑）。

戸田　先生が指輪を一つしか持っていないと知って、彼女は驚いてました？

村瀬　少しね。この会話の後で授業中の彼女を見たら、いつも違う指輪をはめていたので、なるほどなって思いましたよ。

戸田　お金持ちのお嬢さまだから、欲しいものはなんでも与えられて育ったんでしょうね。

村瀬　苦労って、自分で経験しないとわからないのよ。

戸田　アクセサリーも自分で買えるようにならないと、本当の価値がわからないかもしれないし。その女子大生の場合はきっと裕福な両親から買ってもらっているんですね。もしくは、先祖代々の逸品なのかもしれませんね。

村瀬　ヨーロッパやアメリカの場合、先祖から伝わったものが家にありますでしょう。日本の場合は着物だし、着物にはそういう服飾品がありませんからね。

戸田　着物だと、せいぜい帯留めくらいですね。先生はニューヨークでお着物をお召しになったりするんですか？

村瀬　昔はね。美術館の展覧会のオープニングに出席するのに、みんな正装したものでしたよ。最近はなにごともカジュアルになっちゃって、誰もおしゃれしなくなっちゃったのがつまらないですね。

戸田　日本も同じです。正装する場面も減ってますし。

村瀬　昔はね、例えばメトロポリタン歌劇場※のオペラは、月曜日は正装の日と決まっていました。女性はイブニングドレスを着ていったものです。私は学生だったときに招待されたんですけど、それがなんと月曜日だったんですよ。それを知ったある人から「月曜日のメトロポリタン・オペラにはイブニングドレスを着ていかないといけないんですよ」と教えられたんですが、ひっくり返りそうになりました。そんなドレ

メトロポリタン歌劇場
ニューヨーク市のリンカーン・センター内にあるアメリカ随一のオペラハウス。メトロポリタン・オペラ・カンパニーの本拠地。

スは持っていませんから。

戸田　それで着物をお召しになったんですか？

村瀬　いえいえ。慌てて、買いに行きました。でも学生だからお金はないでしょう。それでいろいろ探して、インドのサリーの生地で作った洋服があったんですよ。学生でも買えるような値段だったので、それを着ていきましたよ。でも、続けて同じ服は着られないから、その次のオペラは着物にしました。美術館や展覧会のオープニングなんかも正装しなくてはならないシチュエーションが多くて、昔は大変でした。

戸田　着物でしたら、レッドカーペットでもオープニングでも「ビューティフル」と褒められたのでは？

村瀬　そうね。でも私は日常で着物を着るような時代に育っていませんから、ちょっと億劫なの。

戸田　先生が女子大生のころは戦争中だったし、モンペでしたよね。

村瀬　そうよ、だから着物の着付け方も知らないのよ。

戸田　私も自分では着物を着ることができません。映画関係の友人から結婚式に招かれたりしますが、美しきハリウッド女優たちに対抗できるスタイルでもないし、華やかなドレスを仕立てたりもできません。

村瀬　そうなると、やっぱりお着物？

戸田　大袈裟なのも嫌だから、絵羽織※を愛用しています。ある方からいただいたものですが、裏がとても派手なの。羽織は裏に凝るでしょう。しかも若い人用だから、表も華やかなんですよ。日本でこんなのを着ていたら、「このおばさん、頭が変なんじゃないか」って言われそうなくらいに派手派手

絵羽織
訪問・外出用に用いる、絵羽模様のついた女性用の羽織。

なの。この絵羽織を黒い服に合わせて着るのが私の定番になっています。一種のイブニング・コートみたいな感じだし、着るのも簡単だから、これでメトロポリタン・オペラにも行きました。誰も着てないのはわかっているし、周囲の人も「キモノ、キモノ」と認めてくれるし。あれはとっても重宝しています。

村瀬　私がコロンビア大学で教えるようになった1960年代初期のことですが、日本美術をコレクションするアメリカ人が数人、現れました。そのなかに、日本人女性と結婚した男性コレクターがいたんですが、元航空機乗務員の奥さまはオープニングがあると必ず振袖姿で駆け付けていましたね。それで髪の毛を高々と髷《まげ》に結って、そこにお箸なんかをブスブス挿していました。ある意味クリエイティブなんですけど、日本からオープニングに招かれた人がびっくりしていましたね。「アメリカ人はああいうのを喜ぶんですか？」って（笑）。

戸田　日本文化の認知度がまだまだ低かった時代らしいエピソードですね。

子ども時代

戸田奈津子

1970年公開の『野性の少年』を皮切りに、これまで1500本以上の映画の字幕翻訳を担当してきた戸田奈津子さん。来日するハリウッドスターの通訳としても活躍し、トム・クルーズやリチャード・ギアといった大スターたちとプライベートでも親しく交際している彼女は、1936年7月3日に福岡県戸畑市（現在の北九州市戸畑区）に生まれた。銀行員だった父親は翌年に召集され、日中戦争で戦死。1歳だった戸田さんは、22歳にして未亡人となった母親の実家である東京都世田谷区に移り住む。当時、東京女子高等師範学校（現在のお茶の水女子大学）が2年間の勉強で教員資格が取得できる養成所を設けており、母親はそこに入学。同居する祖母に面倒をみてもらっていた戸田さんもやがて母が学ぶ大学の敷地内にある附属幼稚園に通い始め、そのまま附属小学校に進学するが、戦争で事態が急変する。

1945年3月10日、空が真っ赤に燃え上がった東京大空襲に恐れをなした戸田さんの母親が、他界した夫の実家を頼って、愛媛県に疎開を決めた。夏目漱石が書いた「坊っちゃん」の世界よりさらにひなびた田舎なので、都会育ちで標準語を話す小学生はかなり珍しがられたそう。実際、国語の時間になると戸田さんが教室の前で教科書を朗読し、クラスメートが彼女に倣《なら》って音読するのが常だった。またピアノを習っていた戸田さんは、学校のオルガンも器用に演奏。オルガン演奏は先生がするものと思っていた田舎の小学生はかなり驚き、都会からやってきた戸田さんに一目置くことになった。伊予弁もすぐにマスターし、畑に囲

東京の自宅前で撮られた七五三のときの写真。(写真提供/戸田奈津子)

まれた家での暮らしや川で泳ぐ生活にも馴染《なじ》んだ戸田さんだったが、唯一苦手だったのがイナゴ捕り。戦時下の貴重なタンパク源であるイナゴ捕りは小学生のノルマだったのだが、戸田さんはさわることもできない。泣きべそをかいている戸田さんに代わって同級生たちが彼女の袋にイナゴを入れてくれたという。都会の子どもが疎開先でいじめられた話は多いが、戸田さんには嫌な経験はない。牧歌的な愛媛で暮らした一時期は、それなりに楽しい思い出となっている。

疎開から数カ月で終戦となり、翌年に世田谷に戻った戸田さん一家は、焼け出された親戚たちと同居することに。母親は教職には戻らずに会社員として家計を支え、戸田さんはお茶の水女子大学附属小学校に復学した。戦時中からの食糧難は続いていたが、文化面は一気に豊かになった。マッカーサー元帥の指示で洋画公開が解禁され、『キュリー夫人』(1943年)を筆頭に次々とハリウッド映画やフランス映画が公開された。母親や叔父に連れられての映画館通いが、戸田さんに大いなるカルチャー・ショックをもたらしたのは想像に難くない。スクリーンに広がるアメリカやヨーロッパの総天然色の世界観は、戦争で疲弊した少女の心に栄養となって染み込んでいった。

村瀬実恵子

フルブライト奨学生として留学したコロンビア大学で博士号を取得し、卒業後は同大学美術史考古学部で教え始める。大学と大学院で教鞭を執りながら研究を続けて、日本美術が世界中で評価される潮流を作った村瀬実恵子さん。2010年にはその功績を称《たた》える瑞宝中綬章を贈られた村瀬さんは、1924年に南樺太《からふと》で生まれた。ご本人の記憶にはないが、「冬になると2階建ての1階部分がすっぽりと雪に覆われるから、家族は2階の窓からスキーを履いて出入りしていた」と後から聞かされたそうだ。村瀬さんが1歳半のときに役人だった父親が異動となり、一家は南洋群島に引っ越す。南洋群島とはいわゆる、ヴェルサイユ条約によって1922年から日本が委任統治していた赤道以北の旧ドイツ領ニューギニア周辺諸島のこと。当時、新天地を求めて多くの日本人が移住していた同地では日本政府がインフラを整え、農業や漁業に日本式を導入したほか、産業や医療、教育などの分野も助成が進んだ。最盛期には移民が10万人を超え、海路や空路によって日本本土との行き来も盛んに行われていたのだ。

村瀬さんが南洋群島に移住してからしばらくして妹が生まれ、姉妹は自然に囲まれた暖かい土地ですくすく育つ。米作は始まっていたが、食生活は日本本土のそれとは違っていたのだろう。大人になって友人たちと幼いころの好物の話をして初めて、村瀬さんは「いわゆる、普通の日本人の暮らしとは違っていたことに気づいた」とおっしゃる。

聡明な村瀬さんは読み書きを覚えるのが早く、すぐに読書に夢中になった。近所に住む子どもたちが海や原っぱで走り回っているのを横目に、大好きな本の世界に没頭。もちろんお姉さんらしく、妹にせがまれて人形遊びやままごとの相手をすることもあったが、村瀬さんにとって読書に勝る楽しみはなかった。小学校1年生のときには、叔父にもらったお小遣いで芥川龍之介全集を購入したほどなのだから。その一方で「疲れるのは嫌」と体を動かすことを嫌い、隠れん坊や鬼ごっこ、馬跳びなんてもってのほかという子どもらしくない子どもだったという。そんな村瀬さんにとって運動会は苦痛でしかなかった。ヨーイドンで一斉に駆け出す徒競走は当然ながら、いつもビリ。クラスメートに抜かれながら「なんで、こんなバカなことをしているんだろう」と考え始めて足が止まってしまい、応援席にいた人たちに叱咤《しった》激励されることもあったそう。もちろん他人の怒声などどこ吹く風で、「来年はお医者さんに病気の証明書を書いてもらおう」と考えていたというのだから、小さい大物だったのは疑うべくもない。

穏やかな南洋暮らしだったが、徐々に軍靴の音が聞こえ始める。戦争が始まりそうだと予感した父親の指示で母親が村瀬さんと妹さんを連れて本土に引き揚げることになり、母娘は東京へ向かった。

家族と一緒に撮られた7〜8歳ごろの村瀬さん。
（写真提供／村瀬実恵子）

学生時代

戸田奈津子

映画に夢中になった戸田さんは、お茶の水女子大学附属中学校で英語の授業が始まるや「スクリーンから聞こえるセリフを少しでも聞き取りたい」という熱意で勉強に取り組んだ。しかし、最初は発音記号を学ぶだけ。あまりにも退屈で勉学意欲を失いかけたが、2年生のときの英語教師が素晴らしく、再び英語への興味が湧いてきた。定期購読していた「ＬＩＦＥ」のキャプションを、英語が読めない祖母のために辞書を片手に翻訳し始めたのもこの時期だ。またオールディーズなどの洋楽人気も高まり、ラジオから聴こえてくる洋楽の歌詞を聴き書きすることも戸田さんの英語力を高めていった。

中学生になると一人で映画館に足を運ぶようにもなった。当時は池袋や新宿に3本立て上映をする名画座も多く、学校帰りにふらりと立ち寄ることも少なくなかった。闇市で買ったピーナッツや鯨ベーコンをかじりながら、スクリーン上に展開される、見たこともない世界へ一気にワープする思春期の少女の心中を想像すると、微笑《ほほえ》ましい気持ちになる。毎月数十本の新作映画が公開される現在とは異なり、年間数十本の新作が公開されるだけの時代なので、映画ファンは名画座でお気に入りの映画を何度も見返すことが多い。だからこそ映画のディテールが心に刻み込まれ、セリフや主題歌も覚えてしまう。実際、戸田さんも高校時代には『第三の男』（1949年）に夢中になり、東京じゅうの名画座を巡って50回以上観たそうだ。そして、この時期に初めて字幕の存在を意識するようになったという。

英語が得意だった戸田さんは、優秀な英文科がある津田塾大学に進学する。地方出身の学生が多く、学内にある寮で生活する彼女たちが群れるなか、戸田さんはサークル活動や一橋大学生との合コンには目もくれず映画館通いに精を出す。しかも、電車とバスを乗り継いで通う武蔵野のキャンパスは通学に不便だった。今ほど交通事情がよくないため、バスを1本逃して授業に遅刻するとわかると、戸田さんは電車で吉祥寺あたりに戻って、映画館に直行。『ローマの休日』（1953年）や『エデンの東』（1955年）といった名作と次々に出会い、映画愛がますます深まっていった。卒業が近づき、就職活動が始まると、戸田さんは漠然と「字幕翻訳者になりたい」と考えるようになる。映画を観ているときは意識しないものの、スクリーンで展開される物語を理解するために不可欠なのが字幕。映画の感動を観客に伝える媒介となりたい戸田さんだったが、当時は字幕がどのように作られているかすら知らなかった。唯一の手がかりは、映画の最後に映し出される「日本版字幕　清水俊二」のテロップ。電話帳で清水氏の住所を調べた戸田さんは、「字幕翻訳の仕事をしたい」という手紙を出した。返事をもらって、勇んで清水氏に会いにいった戸田さんだったが、何も知らない女子大生を前にした清水氏も「困った」と頭をかくだけ。字幕翻訳者というのは非常に特殊な職業であり、英文科を卒業したとはいえ、普通の女子大生がおいそれと字幕の世界に入れるわけはなかったのだ。結局、大学の推薦で第一生命に就職した戸田さんは、秘書室に配属された。

津田塾大学の3年生ごろの写真。
(写真提供／戸田奈津子)

村瀬実恵子

村瀬さんが母親や妹とともに落ち着いた東京では、アジア初のオリンピックとなる東京オリンピック（１９４０年）の準備が進められていた。しかし、日中戦争の長期化で資材調達が難航し、競技場建設などに支障が出た上、開催返上を求める世論の声が高まったために幻となってしまったのは今では誰もが知るところだ。戦争が国民生活に影を落としていた１９４２年、村瀬さんは東京女子大学の英文科に進学する。高校2年生のときに同大学のチャペルを見た瞬間、「素晴らしい。あの建物のなかに入ってみたい」と思い、受験を決めたのだという。戦争中で英語排斥が進んでいたが「新しいことを学びたい」と願う村瀬さんは迷わずに英文科を選んだ。

一般的には第二次世界大戦中の日本では英語は敵性語だったと思われているが、大学英文科の授業はつつがなく行われていた。もちろん戦争も終盤に入ると授業どころではなくなった。父親が住む南洋の戦局も激しくなり、安否が気遣われた。不安になった村瀬さんはある日、母親に「お父さまが生きているかどうか、もうわからない」と苦しい胸の内を打ち明けた。それを聞いた母親は「ちゃんと月給が支給されているから、生きているわよ」とあっけらかんと娘の不安を打ち消してくれたという。そして、母親の言葉どおり、１９４５年３月に父親が無事に引き揚げてきて、再び家族４人の暮らしが始まった。しかし、家族団欒《だんらん》は長くは続かなかった。その夏、村瀬さんは、大学のクラスメートと一緒に姫路に動員される。そこにはさまざまな大学から英語を学ぶ大学生が集められていて、アメリカ軍の通信を傍受して情報収集をする計画を告げられた。一種のスパイ行為である。しかし、通信傍受の準備も整わないまま終戦を迎えたため、動員された大学生はそのまま帰宅の途についた。

終戦の翌年に大学を卒業した村瀬さんは、就職試験を受けて丸の内にあったＧＨＱで働き始める。与えられたのは日本の新聞を英語に翻訳する仕事で、村瀬さんや同僚が英訳した文章をアメリカ軍人の上司が校正して、磨きをかける。この経験で英語力がアップした村瀬さんは見事、フルブライト奨学生の試験に合格し、１年間のアメリカ留学の機会を手にする。留学先のコロンビア大学で選んだのは、西洋美術史。戦争直前にドイツからアメリカにやってきた亡命学者による本格的な研究が始まっていた分野だった。西洋美術の素養はなかったが、美しいものや建築が好きだった村瀬さんは優秀な成績を収め、やがて学部長から日本美術の研究を勧められる。コロンビア大学として西洋美術史だけではなく、東洋美術史の研究を進めようとしていたタイミングで、そこに村瀬さんが居合わせたのも運命だったのだろう。

大学院への進学を決めた村瀬さんは、在学中に日本の文化庁で実際の美術品についても学び、〈北野天神縁起絵巻〉に関する論文で博士号を取得する。

コロンビア大学教授時代。お気に入りのコート姿。（写真提供／村瀬実恵子）

Talk About...

トーク2

「キャリア」について

「字幕翻訳者になりたいと覚悟を決めて、絶対にブレなかった。
選択するのは、自分自身。
最後の決断は、自分ですべきだと」戸田

「私が日本美術を世界に広めてやるぞ、
なんて強い意志があったわけではありません。
でも、仕事で得た知識が自分の中に蓄積されていくのが、
本当にうれしく、夢中でした」村瀬

戸田　今日は先生のキャリアについて教えていただきたいと思っています。コロンビア大学で教鞭を執られた後、※メトロポリタン美術館東洋部の特別顧問として日本美術や文化の発信に貢献なさっていました。最初に※フルブライト奨学生としてコロンビア大学で学ばれたと聞いていますが、どうして留学しようと思ったのですか？

村瀬　アメリカの大学で学位が取れたら、日本に戻ったときに威張れるだろうという単純な考えでした。フルブライトの試験は東京女子大の同級生とか青山学院大卒の人なんかも受けたんです。それこそ戦前に外国人の英語教師に学んでいて、英語をペラペラ流暢に話せる人ばかり。でも、受かったのは、ひと言も英語をしゃべったこともない私一人だけでした。

戸田　それは、東京女子大を卒業したすぐ後ですか？

村瀬　大学卒業後は就職しました。当時、丸の内近辺にあった進駐

メトロポリタン美術館
ニューヨーク市セントラル・パークの東側に位置する、世界最大級の美術館。

フルブライト奨学生
第二次世界大戦後、「米国と諸外国との相互理解」を目的とするJ・ウィリアム・フルブライト上院議員の発案した奨学金制度。

軍に日本の文章を英語に翻訳する部署が置かれていました。そこの就職試験に受かって、「読売新聞」や「朝日新聞」の記事を英文に翻訳する仕事を3年ほどやっていました。アメリカ人エディターが私たちが訳した英文を直してくれて、私は訂正された文章を読んで「なるほど、こういうふうに書くんだな」と思うわけ。英文を書く特訓を受けたようなものだし、結構いいお給料をもらっていましたよ。

戸田　私も似た経験をしています。字幕翻訳の仕事をしたかったのですが、大学卒業後はとりあえず生命保険会社に就職し、日本語の文章を英文に訳したり、英文を日本語に翻訳する仕事をしていました。でも、お仕着せの制服に我慢できなくて、すぐに退社してしまいました（笑）。字幕翻訳者を目指しながら映画会社でバイトをしていたときに、※ユナイト映画の宣伝部長からいきなり来日した映画

ユナイト映画
日本ユナイテッド・アーチスツ映画会社。1922年に米国法人ユナイテッド・アーティスツの日本支社として設置され、第二次世界大戦の影響で1941年に解散。1951年に再建され、1961年に水野晴郎氏が宣伝総支配人に就任する。

人の通訳をするように命じられたんです。30歳すぎて突然、通訳を任せられ、生まれて初めて英語を話す仕事をしました。

村瀬　度胸がありますね。

戸田　いきなり現場だったから、恥ずかしい思いばかりしました。最初の通訳なんてひどいもんでしたよ、しどろもどろで（笑）。本当に無我夢中でしたね。でも通訳がほかにいないから、次もやれって言われるわけですよ。

村瀬　役者も出身地によってなまりが激しかったりしたでしょう。

戸田　そうです。印象に残っているのが、コックニー※なまりで話すイギリス人俳優ボブ・ホスキンス※。何を言っているのか全然わからないんです。英語とも思えないの。映画の中ではちゃんと理解できる英語をしゃべってるから、「あなた、映画の中では英語をちゃんと話しているじゃない」って文句を言ったら、「あれはセリフだ」

コックニーなまり
ロンドン東にあるセント・メアリー・ル・ボウ教会の鐘が聞こえる地域で生まれ育った労働者階級が使う英語。独特の言い回しやアクセントに特徴がある。

ボブ・ホスキンス
『モナリザ』（1986年）でカンヌ国際映画祭男優賞を受賞したイギリスの名優。『ロジャー・ラビット』（1988年）、『スノーホワイト』（2012年）などに出演。2014年没。

って（笑）。

村瀬　アメリカにいる日本人でも、本当に英語がうまいなと思う人は少ないですよ。50年も60年もニューヨークに住んでいても、上手にならないという人がたくさんいます。私なんかよく達者だって言われるほうですけど、外国語をすぐマスターできる韓国人の友人からは「なぜ、いつまでも日本語なまりがあるの？」と指摘されます。

戸田　アメリカはそれこそ移民の国ですから、いろんなお国なまりがありますよね。ところで、留学時代の話を教えてください。最初は西洋美術を学んでいらしたんですよね？

村瀬　特別な理由があったわけじゃないの。フルブライト奨学生は専攻を自由に選べるので、「美術史」に興味を持ちました。実際に受講して、今でも覚えているんですけど、※ベルニーニっていう17世紀のイタリアの彫刻家を知ったんです。彼の彫刻を見て、「素晴ら

ベルニーニ　バロック期を代表するイタリアの彫刻家兼建築家ジャン・ロレンツォ・ベルニーニ。ローマのボルゲーゼ美術館所蔵の〈アポロンとダフネ〉ほか多数の傑作を制作。

しい」と感動して、美術史を学ぶことにしたの。だから最初は日本美術に興味はなく、西洋美術ばかりやっていました。でも授業は面白いし、試験の成績も良かったんです。それで教授にも目をかけてもらえたので、すっかり気を良くしました。当時、イギリス王室の美術顧問として有名な美術史家アンソニー・ブラント※がコロンビア大学で1カ月間講義を受け持っていて、彼の授業はとても面白かった。でもイギリスに戻った後で実はソ連のスパイだったと発覚して大騒ぎになりましたけど。

戸田　アンソニー・ブラントというと、有名な「ケンブリッジ・ファイヴ※」の一人ですね。

村瀬　エリザベス女王のキュレーターでしたが、スパイ行為がバレてクビになったんじゃないかしら？

戸田　なんてドラマチックなんでしょう。映画にしても面白そうで

アンソニー・ブラント
エリザベス皇太后の従兄弟で、イギリス王室の美術顧問として活躍。訴追免除と引き換えにソ連のスパイだったと自白した。

ケンブリッジ・ファイヴ
第一次世界大戦後から50年代にかけてイギリスで活動したソビエト連邦（現ロシア）の諜報網。ケンブリッジ大学在学中

すね。ところで、先生が専門を西洋美術から日本美術に変更したのはなぜですか？

村瀬　これもちょっとしたきっかけです。私が留学したのは1950年代だったから、まだまだ戦後という感覚の時代でした。ヨーロッパにはドイツから逃げてきたユダヤ人が大勢いたし、なかにはアメリカに渡ってくる人も少なくなかった。ユダヤ人の教授が来てからアメリカに美術史という学問が広まったんじゃないでしょうか。故国を追われてアメリカにたどり着いた人の多くがやるべき仕事につけて、やりがいを感じたんだと思います。私の担当アドバイザー、※ルドルフ・ウィットカウワー教授も物事の見方が非常に新しく、世界はヨーロッパだけじゃないという考えを持っていました。彼の専門はルネサンス建築で、新しく学部長に就任した折に「アメリカに残る気はないか？　日本美術を専門にする気はないのか？」と言わ

に共産主義を信奉するようになったエリート5人で、うち3人は発覚後にソ連に亡命。

ルドルフ・ウィットカウワー
ベルリン大学で美術史を学び、ナチス台頭を機にイギリスに移住。ロンドン大学で美術を教え、1956〜69年までコロンビア大学美術史考古学学部長を務めた。1971年没。

れたんです。そのころのアメリカは、中国美術でさえも専門家がほとんどいない時代です。ましてや日本美術なんて認知すらされていない。でも私だったら日本語の勉強はしなくてもいいし、一応早く専門家になれるだろうって白羽の矢が立ったわけです。そういう意味で、私はとても運が良かったと思います。

戸田　まさに、ライト・プレイス、ライト・タイムというわけですね。

村瀬　学部長は多分、美術史というものはヨーロッパの美術史だけではなくて、アメリカの現代美術も東洋美術もある。それらをこれから広めていかなければならないと考えていたんじゃないかと思うんです。

戸田　それでコロンビアの大学院に進学したんですね。アメリカに残ることに関して、悩んだりはしませんでしたか？

村瀬　樺太で生まれて、１歳のときに南洋群島に引っ越した私には、あまり日本本土の記憶がないんですよ。日本人としては育ちましたが、後で知り合いになった日本人の思い出話などを聞いてみると、私がまるっきり体験したことのないようなことばかり。やっぱり私は外国人なんだと思いました（笑）。だから、どこへ行っても同じだと考えて、アメリカに残ることに決めました。

戸田　当時、日本美術についてはどのような評価だったんですか？

村瀬　日本美術なんか、見たこともない人ばっかりですよ。そのころちょうど、日中戦争時に日本人が中国で発掘した〈※大同の石窟《せっくつ》〉についての大きな本が出ていて、それで中国美術はかなり勉強もできるようになっていました。でも、日本美術なんてまだまだ。コロンビアの美術史は小さい学部だったので、大学院生は一つの研究室で仲良くやっていました。あるとき、私が※長谷川等伯の描いた〈※松

大同の石窟
中華人民共和国山西省大同市の郊外にある、ユネスコの世界遺産「雲崗《うんこう》石窟」のこと。東西１キロにわたって約51の石窟寺院があり、５万体以上もの石仏など美しい仏像彫刻があることで有名。

長谷川等伯
安土桃山時代から江戸時代初期にかけて活躍した絵師。

松林図屛風
等伯の代表作で、日本水墨画の最高傑作とされる。東京国立博物館蔵。

林図屛風〉の写真を見ていると、通りかかったルネサンス美術の先生が「なんだ、それ？　すごい絵だな」って驚いたの。油絵のようにゴテゴテした絵画ばかりを見ていた人でも、こういう墨画のようなものをすごいと思うんですよ。その先生はそれまで多分、日本美術を見るチャンスがなかったんでしょうね。当時、メトロポリタン美術館の東洋部がやっと中国美術のギャラリーを開いたばかり。日本美術のギャラリーが開かれたのは１９８０年代で、それまで日本ギャラリーはなかったんですから。

戸田　先生に日本美術を学ぼうと決意させたのは、長谷川等伯の絵なんですね。

村瀬　自分でプランを立てたわけではなく、転がり込んできたチャンスに乗っかったという形よね。お恥ずかしい。ところで、戸田さんはどうして字幕翻訳者になろうと思われたの？

戸田　戦後に洋画が解禁されて、映画が大好きになりました。戦争中は文化に飢えて、灰色の世界でしたが、洋画が公開されるようになった戦後はみんなが映画に目覚めた時代です。最初は単なる映画ファンだったんですが、大学卒業を控えて就活を始めたころに映画に字幕をつける人がいると気づきました。これは私に向いている仕事だと思って、映画クレジットでお名前をよく見かける清水俊二先生[※]の住所を調べて、手紙を出しました。

村瀬　清水さんに弟子入りしたんですか？

戸田　いえいえ、字幕翻訳の世界ってすごく特殊なんです。狭き門どころか、叩くドアすら見つけられないんです。徒弟制度もないし、清水先生もいきなり初対面の女子大生から「字幕翻訳者になりたい」と言われて困惑したと思います。だから生命保険会社に就職しましたが、1年半で退社して、いわゆるフリーターになりました。

清水俊二
映画字幕翻訳家、映画評論家、翻訳家。1984年に映画翻訳者協会（現・映画翻訳家協会）を設立し、代表に就任。1988年没。

村瀬　フリーター時代はどんな仕事をなさっていたの？

戸田　広告代理店や化粧品会社の資料を翻訳したり、通信社の原稿を書いたりしていました。映画会社でバイトをしていたときは、アメリカから届く映画台本を日本語に短くまとめたりしていました。そうしながらも清水先生への連絡も忘れず、字幕翻訳者を目指しているとアピールし続けていました。絶対に字幕の仕事をすると頑固に考えていて、アルバイトをしていました。やりたいことができないまま20年、しかも「20年間頑張れば大丈夫」なんて保証があるわけでもありません。周りの人から「何してるの？」と聞かれても、説明もできない。母親からも周りからも「この先、どうするの？」と言われるたびに言葉を濁していました。

村瀬　会社を辞めたのはまだ20代でしょう。周囲からお見合いを勧められたりしませんでした？

戸田　お見合いはすべて断りました。別の仕事をしろとか、結婚しろと何度も言われました。でもそんなことは考えもしませんでした。それくらい、字幕翻訳の仕事をしたかったんです。夢が叶うか、叶わないか？　いわゆる確率的には五分五分だから、大きなリスクですよ。それをわかってて、やっぱり覚悟していたのですから我ながら思い込みが強かったと思います。つまり字幕翻訳者になれないこともあると最初からわかっていて、どんな結果も受け入れる心構えがありました。覚悟を決めて、絶対にブレなかったから、情熱が長続きしたんだと思います。私は、若い子たちから人生で重要なことは何かと聞かれたときには「自分がやりたいことをきっちり見極めて、自分で選択しなさい」ということをいつも言います。人の意見を聞いてもいいけど、選択するのは自分自身。最後の決断は自分で下すべきだと。人の言うなりになったり、右へ倣えしては絶対にダメよときつく言っています。

村瀬　強烈な意志の力でキャリアを切り開いたんですね。私の場合は、いわゆる適齢期をアメリカで過ごしていたので、周囲からいろいろ言われることはありませんでした。それに結婚を考えるヒマもないくらい、学校の勉強に追われていました。本当に時間が足りなくて、いつも追っかけて、追っかけられてという感じでした。だから、あっという間に結婚を考える時期は過ぎ去っていきました。戸田さんが本格的に字幕翻訳の仕事を始めたのはいつですか？

戸田　本当にキャリアになったのは40歳すぎてからです。ただ、先ほども言いましたが、30代のときに通訳の仕事が入るようになり、当時はあまり競争相手もいなかったから、次から次に仕事をやらされたことで、少しずつ話せるようになりました。これもひとつの運だったんだと思います。拙《つたな》い通訳でいっぱい恥をかいたけど、それでも映画界のすごい人たちにお会いできたわけで、彼らから受ける刺激は大きかった。先生は大学院を卒業なさって、イスラエルの美術館長に就任なさったんですよね？

村瀬　大学院で博士論文を提出した後、学部長から論文が通ればコロンビア大学に就職できるという大変にうれしい知らせを受けました。同じころ、知り合いを通じてオランダ人アート・ディーラーのフェリックス・ティコティン※に会いました。彼はその2〜3年前にイスラエルのハイファに開館したティコティン日本美術館の館長を探していたんです。収集を続けていた浮世絵や日本画のコレクションを移住先のハイファ市に寄贈して美術館を造ったんですね。残念ながら9月からコロンビア大学で教鞭を執ることになっていると伝えたら、「夏休みの間だけでもいいから来てほしい」と言われたんです。ティコティンさんから伺ったイスラエルの様子も素敵で、心

フェリックス・ティコティン
ドイツで生まれ、オランダに移住したユダヤ系の建築家兼アート・コレクター。収集した日本美術を第二次世界大戦中に失ったものの、戦後再びコレクションを再開。イスラエルに移住し、1959年にティコティン日本美術館を開館。1986年没。

が動いてしまって（笑）。9月までという約束で、美術館長を務めました。

戸田　そんなに短期間だったんですね。

村瀬　イスラエルも建国したばかりで、まだアラブ問題も起きていない時期でしょう。国民が純粋な気持ちで建国の精神を共有していて、いい国だなと思いました。残念ながら、いまだに再訪できないままですが。

戸田　イスラエルでの仕事を終えて、コロンビア大学で教え始めたのが1962年ですね。『ビリーブ 未来への大逆転』（2018年）という映画を観ると、先生より3年早くコロンビアのロースクールを卒業したルース・ベイダー・ギンズバーグ連邦最高裁判事が※大学院時代にひどい女性差別を受けたようですが、先生は女性だからと差別された経験はありますか？

ルース・ベイダー・ギンズバーグ
2020年に他界するまで27年間にわたってアメリカ合衆国連邦最高裁判事を務めた法律家。性差別と闘うリベラル派として、現在も国内外で尊敬されている。

村瀬　学生のときは、ありませんでした。美術史なんかは女子学生が多いですしね。ただし教えるようになってからは、差別はもうてんこ盛りでした。

戸田　えっ、てんこ盛り！　どういう差別があったんですか？

村瀬　教師になる時点でまず差別があるんですよ。それにね、美術史は学位を取るのが本当に大変なんです。ヨーロッパの美術史だったらフランス語やドイツ語、イタリア語の試験を受けなきゃならない。また中世の美術を学ぶためにはラテン語も必要になる。まず語学力を身につけるのに、ものすごく時間がかかります。ですからPhD（博士号）を取るのに、他の学部よりも長い時間がかかるんです。私が学生のころは就職率がすごく悪くて、美術史の学部から男子学生がどんどん離れていきました。私が教え始めたころは学部で総勢10名くらいの教授がいたんですけど、女性はわずか二人だけでした。

戸田　日本の大学生だと、学問と就職先が関連しない場合が多いけれど、アメリカの大学生はキャリアを見据えて学部選びをするからでしょうね。美術史の場合、学問に費やした時間と見返りが合わないのかもしれない。

村瀬　しかも就職先が限られてしまいますからね。美術史を学ぶ女子大生は多かったけど、たいていは結婚して子どもができたら、それで退学しちゃう。一生懸命育ててきた学生が結婚して、赤ん坊が産まれたので退学しますとなるから、先生が「またか」と憤慨するわけです。教員側にもフラストレーションが溜《た》まりますよ。だから、女性に対する差別意識が無意識のうちに生まれちゃうわけです。

戸田　60年代はアメリカでもまだ、女性がキャリアと家庭を両立できる時代ではなかったんですね。

村瀬　そのうちに学部も大きくなって、女性の教授も増えました。でも差別は依然としてあります。まず昇進ね。女性の場合は助教授から准教授、正教授になるのに男性以上に時間がかかります。それが最大の差別ですね。

戸田　当時は日本でも同じようなことがあったし、働く女性は子どもを産むと職場をクビになることもありました。現代はシングルマザーも増えたし、結婚しても辞めさせられたりはしないでしょう。女性教授を取り巻く状況は変わりましたか？

村瀬　変わりはないと思いますよ。だって、本はいつでも書けますけど、子どもはいつでも産めるわけじゃないでしょう。自然の制約がありますからね。

戸田　では、先生がおっしゃったような差別は今もあるということですか？

村瀬　差別をしないと言っても、女性のほうで両立できる人となったらすごく少ないんじゃないかしら。私の教え子にも子どもを育てながら仕事をしている人もいますけど、たいてい美術館勤務です。というのも、教授をしているとどうしても本を出版しなくてはならないんです。テニュア（終身雇用保証権）を取るためにはある程度の出版物がないといけません。本を執筆しながら子どもを産んで、育てるとなると、時間的に大変ですよね。だから大学側が差別しなくとも、女子学生のほうが教職よりも美術館勤務を選んじゃう。戸田さんは、仕事関係で女性だからと差別されたことはありますか？

戸田　私に関しては、字幕の世界では男女差別はありませんでした。だって初めて清水先生にお目にかかったころは、字幕翻訳者は10人くらいしかいなくて、全員男性でした。私は20代だったけど、みなさんは40～50代のおじさまばかり。だから、若い女の子が「字幕の仕事をしたい」と言っても脅威に感じないわけですよ。入門志望者なんて今までいないから、どう接していいのかもわからなかったんでしょうね。いわゆるプロの人たちから、無視されていました。もう、差別どころではないです。プロの仲間入りをして、少し有名になってからも、ジェンダーで差別されたことはありません。あまりにも世界が小さいから。差別する余裕もないし、差別したって仕方ないんですよ。そもそも全員が一匹狼で、仕事をシェアしたりはしません。ワーナー映画はこの人、パラマウント映画はこの人って感じでちゃんと縄張りが決まっていましたから。もちろん、ほかの業界は男女差別がすごかったと思いますよ。大会社はそれこそ給料は男女ですごく違うし、女性は出世できなかったでしょう。

村瀬　戸田さんは、女性初の字幕翻訳者なのね。

戸田　20年かかって、願いを叶えました。大学教授と同じで、キャリアと家庭の両立が難しい職種だと思います。最盛期は週に1本の映画に字幕をつけていたんですよ。食事と睡眠以外の時間はすべて仕事に費やしていました。仕事に加えて家庭のことなんてとてもできないから、二足のワラジは物理的に無理でした。最近の若い字幕翻訳者さんのなかには子どもがいる人もいますけど、ほとんどが独身ですね。

村瀬 私も学ぶこと自体が本当に面白かったから、仕事に夢中でした。私が日本美術を世界に広めてやるぞ、なんて強い意志があったわけではありません。でも大学で教えている時間やそのための準備という仕事で得た知識が自分の中に蓄積されていくのが本当にうれしかった。一つの講義をするたびに、私自身の知識がどんどん増えていく。夏休みなんて取ったこともありません。学期が終わるとすぐに日本に出かけて、あちこちの美術館などに頭を下げて収蔵品を見せてもらって、研究する。そういうことを30年以上続けました。

経歴

戸田奈津子

丸の内にある第一生命の秘書室で働き始めた戸田さんに与えられたのは、英文資料や英文レターの翻訳や代筆をはじめとする英文関係の仕事。しかし、1950年代なのでそこまで英文レターの需要も多くなく、働きがいのある職場ではなかった。もちろん福利厚生は整っているし、給与面でも不満はなかったが、お仕着せの制服にはなんとも我慢がならなかったという。しかも、9時から5時までオフィスに縛られることも耐え難い。結局、2年も経たずに退職した戸田さんは、いわゆるフリーターとなる。

フリーランスで英文執筆や英文翻訳の仕事を始め、広告代理店や通信社の原稿を書いたり、雑誌や本の翻訳をしたり。字幕翻訳者の清水氏の紹介で、『鉄腕アトム』をはじめとする海外に輸出する日本のテレビ番組のシナリオの英訳も担当した。やがて映画配給会社にも知り合いができ、撮影前の脚本を読んで映画のあらすじをまとめる仕事なども請け負うようになる。映画を買い付ける担当者のための資料だ。

英語関係の仕事は次々と舞い込み生活に不安はなかったが、本当にやりたい字幕翻訳の仕事には巡り合えないまま。やがて30歳を迎えた戸田さんは、『007』シリーズを大ヒットさせたユナイト映画の宣伝総支配人だった故・水野晴郎氏（のちに映画評論家や映画監督として活動）からの依頼で、来日した映画人の通訳をすることを引き受けた。戸田さんの英会話経験は実はゼロに近かったが、ボスの水野氏の厚意を無にすることはできない。ロンドンの下町なまりで話す俳優の言葉が聞き取れず、「スクリーンではきちんとした英語を話していたじゃない」「あれはセリフだ！」という冗談のようなやり取りをしたのも今ではいい思い出だという。「何度も大恥をかきました」という戸田さんだが、飾らない人柄で世界中の映画人と友情を築いたのは誰もが知るところ。そして、戸田さんの望みを知った別の映画会社から、フランソワ・トリュフォー監督作『野性の少年』の字幕翻訳を依頼された。念願の字幕翻訳者デビューである。もちろん駆け出しの字幕翻訳者なので年に1～2本の依頼しかなかったが、1976年のフランシス・フォード・コッポラとの出会いがその状況を変えた。当時、フィリピンで『地獄の黙示録』を撮影中のコッポラは、撮影の合間にたびたび来日。アテンドを任された戸田さんは、コッポラの希望でソニーの音響機器研究所を見学したり、彼が映画音楽を依頼しようと考えていたシンセサイザー・アーティストの冨田勲《いさお》さんとともに撮影現場やサンフランシスコにあるコッポラ邸を訪れたりした。戸田さんを信頼したコッポラの推薦で同作の字幕を担当したのがきっかけとなり、その後、各映画会社から次々と仕事が舞い込むようになった。

『地獄の黙示録』の字幕を手がけ、40歳にして夢を叶えた戸田さんの快進撃が始まった。年間50本以上も字幕をつけるために、朝から晩まで一日じゅう机に向かう。また字幕翻訳以外にも通訳の仕事もこなし、スターの通訳としてテレビ出演することも増えた。一時期、英文科で学ぶ女子大生の憧れの仕事として字幕翻訳者があがったのも戸田さんの活躍の影響だろう。

村瀬実恵子

博士号の論文が通った村瀬さんはコロンビア大学への就職が決まる。1962年の春のことだった。その後、知人に紹介されたフェリックス・ティコティン氏からの要請を受け、「新学期が始まるまで」との約束で、1959年にイスラエルのハイファに開館したティコティン日本美術館の館長に就任する。わずか3カ月弱の経験だったが、建国したばかりで希望に燃えるイスラエルを間近に見られたのは「いい経験だった」と村瀬さんは述懐する。

9月となり、アメリカに戻った村瀬さんを待っていたのは、毎日の講義の準備と論文執筆。テニュアを取って准教授になるまで7年、そして教授になるまでさらに6年かかった。昇進するためには論文執筆が必要だし、本の出版もしなくてはならない。多忙な日々が続いていた。そんななか、またもや運命の出会いがあった。1964年、メアリー・グリッグス・バーク夫人が村瀬さんの授業を聴講生として受講し始めたのだ。学期が終わり、村瀬さんが研究のために日本に戻ると知った夫人は同行を申し出た。日本の美術商を回って、日本美術を購入するのが夫人の目的だった。これを機に夫人との友情を深めた村瀬さんは、コロンビア大学での仕事に加えて、バーク夫人のコレクションのアドバイザーとしても活動し始める。また1971年にはアジア・ソサエティが企画した「日本屛風絵展」でキュレーターを務めたことで、「ニューヨーク・タイムズ」の美術欄で高い評価を受け、日本美術研究者としてその名を知られることになった。以来、専門的な知識を活かして美術館などが主催する日本美術展にキュレーターとして参加し、企画から図録作成まで幅広く活躍する。村瀬さんの尽力で、日本美術に対する評価は格段に上がった。もちろん後進の育成にも意欲を燃やし、コロンビア大学に日本美術史の常設講座を開設するための資金調達をしたのも村瀬さんの功績だ。村瀬さんの指導のもとで学び、ムラセ・マフィアとも称された多数の教え子が世界中に日本美術を広めていった。教え子のなかには2008年に旭日章を受章したエミリー・サノ氏（サンアントニオ美術館のアドバイザー）やジョーン・B・マービス氏（日本美術に特化したニューヨーク在住のアート・ディーラー）らがいる。

コロンビア大学退任後は、メトロポリタン美術館東洋部日本美術特別顧問に就任。同美術館の特別展の企画に際し、コレクターや他の美術館との交渉・資金調達・運営と多岐にわたって活躍。また美術品を購入するにあたって出資者を探したりもしている。バーク夫人に代わってオークションで美術品を購入することもあった村瀬さんは、メトロポリタン美術館に勤務中、オークションで〈南蛮屏風絵〉を購入。村瀬さんは知らなかったが、同美術館ではオークション参加は禁じられていて、購入した後で「今後はこのようなことはしてはいけません」とお叱りを受けたのだとか。特別顧問として同美術館に勤務した間に企画した3つの特別展はどれも高い評価を受けている。

Talk About...

トーク3

「運命の出会い」について

「コッポラが〝字幕を彼女に担当させて〟と言ってくれたおかげで、40歳にして字幕翻訳者になれたんです。だから、彼に会うたびに〝あなたのおかげよ〟と言っています」戸田

「メアリー・バークさんと交流することで、自分は本当にまだ何も知らないんだなと改めて自覚させられました。一つ作品を見るたび、つらいけど、喜びもある、というね」村瀬

戸田　美術を見極める審美眼に興味があるのですが、先生は美術品に囲まれた環境でお育ちになったのですか？

村瀬　全然よ。西洋美術とも日本美術とも、ほとんど馴染みがありませんでした。でも研究するうちに、次第に日本美術に魅入られていったの。大学院の論文を書くために日本に戻ったとき、日本の美術史ならば文化庁の美術工芸科の課長だった松下隆章《たかあき》※先生のところで勉強しなさいと勧められました。当時、重要文化財を指定するシステムができたばかりで、文化庁の松下先生の部屋に美術コレクターや各地の美術館員から次々と旧国宝や旧重要文化財が持ち込まれてきていたんです。しかも文化庁には、書の専門家や水墨画の専門家、仏画の専門家をはじめさまざまな専門家がいますでしょう。物が運び込まれるたびに専門家がわらわらと寄ってきて、各自の意見を述べるわけ。それを聞いているだけですごく勉強になりました。

松下隆章
美術史家。東京帝室博物館（現・東京国立博物館）勤務を経て、文部技官となり、文化財保護委員会美術工芸品課で活躍。定年まで京都国立博物館館長を務めた。1980年没。

この時期に美術品の真贋《しんがん》を見極めたり、制作年代を割り出す手がかりなどを学ぶことができました。

戸田　美術品を見極める審美眼は、幼少期から〝本物〟に触れることで培われるのかと思っていました。

村瀬　そうでもないみたいですよ。例えば、美術館で本物をたくさん見たとしても、どうしても〝目が腐っている〟人がいます。これは、慶應大学の河合先生※がおっしゃった言葉ですよ（笑）。その一方で、初めから、いわゆる〝目がいい〟人がいます。例えば、洋服を買いに行っても、自分に似合わない服を選ぶ人と、趣味のいい服を選ぶ人といますよね。これと同じだと思いますね。だから、美術品のよし悪しを見極める目というのは教えようがないんです。どうしても超えられない一線があるようですね。自慢に聞こえるかもしれませんけど、私は目がいいと言われています。

河合先生
河合正朝。元・慶應義塾大学名誉教授。2021年3月まで千葉市美術館館長を務めた。

戸田　それはどうやったら身につくのですか？　どのようにして磨けばいいのかしら？　目をよくする方法というか、審美眼を育てる特別な方法があったら教えてほしいです。

村瀬　それはなんとも言えませんね。私が教えた学生のなかにも、本物の美術品に囲まれて育った名家出身なのに目が腐っている人もいました。大学の教師の場合はそういう才能は必要ないけど、美術館に務めるのなら目が悪かったら困りますよね。

戸田　やっぱり、生まれつきの才能なんでしょうか？

村瀬　そういう感じがしますね。私はコロンビア大学で教え始めた直後に、※メアリー・バークさんという方にお会いしました。彼女はとても鋭い感性の持ち主で、美術の素地もなく、美術商をやっているわけでもないのに日本美術の世界に魅せられていきましたね。彼女は〈※伊賀の破袋〉というあだ名のついた水指《みずさし》なんかを見出《みいだ》してい

メアリー・バーク
メアリー・グリッグス・バーク。アメリカ人アート・コレクター。ミネソタ州の名家の出身で、村瀬さんの授業を聴講し始めてから日本美術のコレクションを本格化。日本美術の個人コレクションとしては質・量ともに世界有数。２０１２年没。

ます。似たようなものを道具屋さんで見つけたときは、「これ、私の」と目を輝かせながら持ち上げて、頬ずりしそうな勢いでした。見ただけで、何も知らないけれど「これ好き」と言えるわけ。美術の知識を使って吟味することに慣れていた私には、そういう感覚を持っている人がいるのが不思議でしょうがありませんでした。

戸田　バークさんの日本美術コレクションは、メトロポリタン美術館とミネアポリス美術館※に収められています。日本以外では最大だし、評価もとても高いですよね。

村瀬　私にとっては、親友であり、恩人です。彼女との出会いは、私にとっては幸運そのものでした。大学で教えながらにして、美術館のキュレーターのような仕事ができたのですから。本来なら大学と美術館の仕事は分かれていますが、私はバークさんのおかげで美術品を買い、コレクションの説明をするといったキュレーターの仕

伊賀の破袋
桃山時代に作られた伊賀焼の水指。バーク・コレクションの中でも価値のある逸品。ミネアポリス美術館蔵。

ミネアポリス美術館
ミネソタ州ミネアポリス市にある美術館。古代から現代まで、過去5000年にわたる世界各国の美術品を誇る。常設展は入場無料。

事もできました。それが30年ほど続いたので、当時の私にとっては当たり前のことでした。でもよく考えると、実際はすごく特別な状況だったわけで、とても幸福な時間だったと思います。

戸田　バーク・コレクションを手伝っていて、素敵な美術品を見出すことに喜びはありましたか？

村瀬　彼女の手伝いをするようになったのは、私がコロンビア大学で教え始めて間もないころですから、私も本当に日本美術を知らないんです。絵巻物が私の専門でしたから、詳しいのはそれだけでした。日本美術といってもジャンルは膨大で仏像や仏画もあれば、神道の絵画もあるし、陶器などもある。彼女の収集を手伝うために日本美術の通史を再確認し、それを新たに勉強しなければなりませんでした。学び直したことで、新たに知ることもあったし、そこに驚きと感激とがありましたね。私たち学者が論文を書くときは、書くためにものすごく集中します。あまりほかのことに興味を持たずにすごすことが多いんです。だから学生に教えるための研究とバークさんのために美術商の間を回って美術品を探すことを両立させながら知識を深めるうちに、自分は本当にまだ何も知らないんだなと改めて自覚させられました。一つ作品を見るたび、つらいけれど、喜びもある、というね。そういう思いを味わいました。

戸田 それは先生が生きがいとしてやってこられたことなんですね。ところで、仕事における失敗で、今だから話せるというエピソードはありますか？

村瀬 失敗ですか。バーク・コレクションのうちで、2、3点は「あんなもの買うべきじゃなかった」と後悔して、売却したものもあります。2、3点じゃすまないかもしれないけど（笑）。

戸田 バークさんのことを教えてください。

村瀬　彼女はいわゆる古い家柄の名門出身のアート・コレクターです。とても裕福で、自由になるお金がいっぱいあったのね。でも、そのお金をどう使うべきなのかがわかっていなかった。単なる専業主婦ではつまらないと思っていたけれど、自分に何ができるかというものを見つけていなかったわけです。結婚してから日本美術を本格的に勉強しようと考えていた彼女が、私の教えていた日本美術の授業を受講したのが出会いです。バークさんは日本が好きだったんですよ。日本に旅行して、建築家の吉村順三《じゅんぞう》※氏の案内で日本庭園を見て回ったこともあったそうです。でもその時点では日本美術を買うことは考えていなかったようで、コレクションを始めたのは私と出会ってからです。

戸田　お二人で日本を回って美術品を探したりしたのですか？

村瀬　あまり一緒に日本に行くということはありませんでした。私

吉村順三　建築家。東京美術学校（現・東京藝術大学）で建築を学び、卒業後はアントニン・レーモンドに師事。日本の伝統とモダニズムの融合を目指した。1997年没。

は大学が夏季休暇の時期しか長期休暇は取れないし、夏の日本はごめんこうむるでしょう（笑）。それに私がいなくても、バークさんは自分で骨董屋さんを見て回ってましたよ。たまに、秋くらいに私が休暇をもらえることがあれば、一緒に回ったりもしましたけれど。たいていは私が研究の合間をぬって日本の骨董屋さんを回るんです。そして、「これぞ！」と思う美術品の写真をもらって、お値段を聞いて、彼女に推薦するという段取りでした。はじめのうちは失敗もしました。貧乏な教員で、お金にあまり縁がない私にとっては2千ドルが最高値です。だからうっかり2万ドルのものを2千ドルと間違えて、支払いの段階で「値段が違う」となったり（笑）。慣れてきたら、価格のことはもう骨董屋さんに任せて、写真をつけて手紙を送る算段だけつけていました。でも店主が英語で手紙を書くのが大変だと言うし、私もいちいち翻訳なんかしてられませんでしょう。

最終的には、写真に値段をつけて送るということに落ち着きました。私がニューヨークに戻ってから、バークさんに美術品の説明をして、なぜそれらが彼女のコレクションにあったらいいと思うかを助言するんです。もちろん彼女が気に入らなかったらそれまでです。バークさんが気に入らなくても「どうしてこれが大事なのか」を根気強く解説して、3年くらいかかって買ってもらったこともあります。彼女が決断する前にほかの人の手に渡ってしまうんじゃないかとハラハラしながらね。

戸田 つまり、メアリー・バーク・コレクションを完成させたのは、先生だと思っていいんでしょうか?

村瀬 私のテイストだと思います。実はバークさんが集め始めたときは、周囲から「ちょっと遅かったね」と言われるくらいに名品がなくなってきたころでしたから。とにかく貴重な美術品はお金の相談ができれば、つかんでおこうという一心で、彼女に買ってもらっていました。10年も経たないうちに相当なコレクションができ上がって、メトロポリタン美術館で初めて公開したんです。彼女は途端に日本美術のコレクターとして有名になって、美術館でも大事にしてくれるようになりました。そこで彼女は、ようやく自分が何をしたいのかがわかったのね。もともと、人と触れ合うのが好きな女性だったし、大好きな日本から日本人がたくさん訪ねてくるのも大変うれしかったらしいですよ。

戸田 アートを通じて生きがいを見つけられたんですね。

村瀬 ええ、そう。ほかに日本美術を集めている人がいないから、一躍、有名になったし。

戸田 ライバルがいないとなると、集め放題だし（笑）。バークさんは日本美術に出会う前から日本がお好きだったとおっしゃいましたが、日本の何がお好きだったんでしょうか？

村瀬　有名になってから日本の雑誌社なんかが訪ねてきて、それを聞かれるらしいんです。そうしたら彼女、すごく困っちゃって、最初のころは「昔々は日本人だったんだろう」なんて答えてました（笑）。

戸田　私の友人リチャード・ギア※もまた、日本のことを本当によく理解している人ですけど、彼も同じことを言いましたよ。最初に来日したときに京都の、ある方の個人的な庭を訪問したんです。枯山水みたいな感じの庭で、ほかに人はいなかった。ずっとそれを見ていた彼がポツリと“I was here.”って言ったんです。突然言われて何のことかと思ったんですが、彼はチベット仏教徒で、輪廻《りんね》を信じているんですね。だから「前世でここに来た」ということだったんです。バークさんもリチャードと同じように日本人だったと思っていたのかもしれませんね。

リチャード・ギア　アメリカ人俳優。日本贔屓《びいき》として知られ、黒澤明監督の『八月の狂詩曲《ラプソディー》』（１９９１年）や『ＨＡＣＨＩ　約束の犬』（２００９年）などに出演。

村瀬　でもね、そのうちに別荘に日本庭園を造っていらしたお母さまの遺品から着物が見つかったんですって。お母さまが明治時代に日本に旅行した際に日本で着物を買っていらしたの。それ以来、日本が好きな理由を尋ねられると、「母が遺した着物が大変気に入ったから」と話をこじつけていました（笑）。もちろん、日本のジャーナリストは大喜びしていましたね。

戸田　伝説というのは、こうして生まれるんですね（笑）。リチャードの話をすると、京都の骨董店主が驚くほど彼には見る目があると言うんですよ。例えば骨董品を見せて、何世紀のものだとか説明するでしょう。彼はすぐに「桃山のあの時期のものか」と反応するわけです。木彫りの仏像を見ながら、「ここに継ぎがある」と指摘したりね。それで店主がびっくりしちゃうなんてこともよくありました。ニューヨーク在住だし、いつか先生にご紹介したいと思います。

とにかく古いものを非常に好むので、お話も合うかもしれません。

村瀬　戸田さんにも恩人と思う方はいらっしゃるでしょう？

戸田　私ももちろん、人生の節目節目で恩人に出会いました。最初はやはり清水先生です。字幕翻訳者になりたかった私に映画業界への扉を開いてくださったし、通訳を始めたのも先生が口を利いてくださったからです。チャンスをくださったという意味でもとても恩義を感じています。それに個人的にもお世話になりました。先生と奥さまにはお子さんがいらっしゃらなかったけど、疑似娘がいっぱいいたんです。例えば、宝塚の劇団員を全員、自分たちの娘みたいに思って可愛がっていらっしゃいました。私もそんな疑似娘の一人でした。

村瀬　家族ぐるみのお付き合いをなさっていたんですね。バークさんもお子さんがいなくて、私の学生たちをとても可愛がってくれました。彼女はニューヨークから1時間半くらいのオイスター・ベイに素敵な別荘を持っていらして、よくそこに招待されました。大学の後期が終わる5月半ばにセミナーと称して、学生を10人くらい連れて行って、別荘のプールハウスに泊めてもらうんですよ。プールハウスといっても10人くらいが泊まれる立派な家で、学生もずいぶんいい思いをしたはずです。バーク・コレクションの一部をバークさん自身が事前に自家用車で別荘に運び込んでいて、学生はそれを研究する。日本から研究にいらした学者さんがご一緒することもありました。なかには別荘でのセミナーを日本の講義にした方もいたようで、感謝されました。秋山光和《てるかず》※先生も東大時代に参加なさって、源氏物語の作品なんかを見せていただきました。そのとき、「こういう生活ができるのは、日本人ではあなたくらいですよ」と言われました。

秋山光和
美術史学者、東京大学名誉教授。美術史研究にX線を用い、『光学的方法による古美術品の研究』（吉川弘文館）などの著書がある。父親は金沢美術工芸大学学長を務めた美術史家で、長男も同じく美術史家でお茶の水女子大学教授。2009年没。

戸田　そうでしょうね。お話を聞いていると『華麗なるギャッツビー』[※]の世界が頭に浮かんできます。うらやましい（笑）。でも、私もそういう意味では、日本人としては稀な経験をしているかもしれません。通訳をしたことで親しくなった映画人も多く、海外に行くと彼らの自宅に滞在することもあります。清水先生に次ぐ恩人であるフランシス・フォード・コッポラ[※]のカリフォルニアのナパの自宅は、ワイナリーになっていて素敵なんですよ。

村瀬　コッポラ監督は私でも知っています。彼の通訳をなさったの？

戸田　コッポラが『地獄の黙示録』[※]をフィリピンで撮っていたときからの長い付き合いになります。配給会社の人と撮影現場を訪れただけでなく、撮影の合間に日本にやってくるコッポラをアテンドしたり、音楽家の冨田勲さんと一緒にサンフランシスコのコッポラ邸

華麗なるギャッツビー
F・スコット・フィッツジェラルドの小説「グレート・ギャッツビー」の映画化（1974年）。

フランシス・フォード・コッポラ
アメリカ人映画監督。『ゴッドファーザー』シリーズなどで6つのアカデミー賞を受賞。

地獄の黙示録
ジョゼフ・コンラッドの小説「闇の奥」を、舞台を戦争中のベトナムに置き換えて映画化した叙事詩的映画。カンヌ国際

にお邪魔したり。いざ『地獄の黙示録』が公開になり、コッポラが「字幕を彼女に担当させて」と言ってくれたおかげで40歳にして字幕翻訳者になれたんです。

村瀬 戸田さんの夢を叶えたのは、大物監督の鶴のひと声だったのね。

戸田 だから、コッポラに会うたびにいつも「あなたのおかげよ」と言っています。でも彼は本当に大きな人だから、たくさんの人に恩を施しているんですよ。ハリウッドの大物監督であるジョージ・ルーカス※とスティーヴン・スピルバーグ※だって最初は、彼がチャンスをあげたわけですしね。私なんか恩恵を受けた人間の末端にいるから、彼にお礼を言っても「え?」なんて顔していますよ(笑)。でも私としてはすごい恩人だし、今でもちゃんと親しく付き合ってくれる大事な恩人です。

映画祭でパルム・ドールを受賞。

ジョージ・ルーカス アメリカ人映画監督/プロデューサー。南カリフォルニア大学で映画作りを学ぶ。『スター・ウォーズ』シリーズを大ヒットさせた。

スティーヴン・スピルバーグ アメリカ人映画監督/プロデューサー。『シンドラーのリスト』(1993年)と『プライベート・ライアン』(1998年)でアカデミー賞監督賞を受賞。

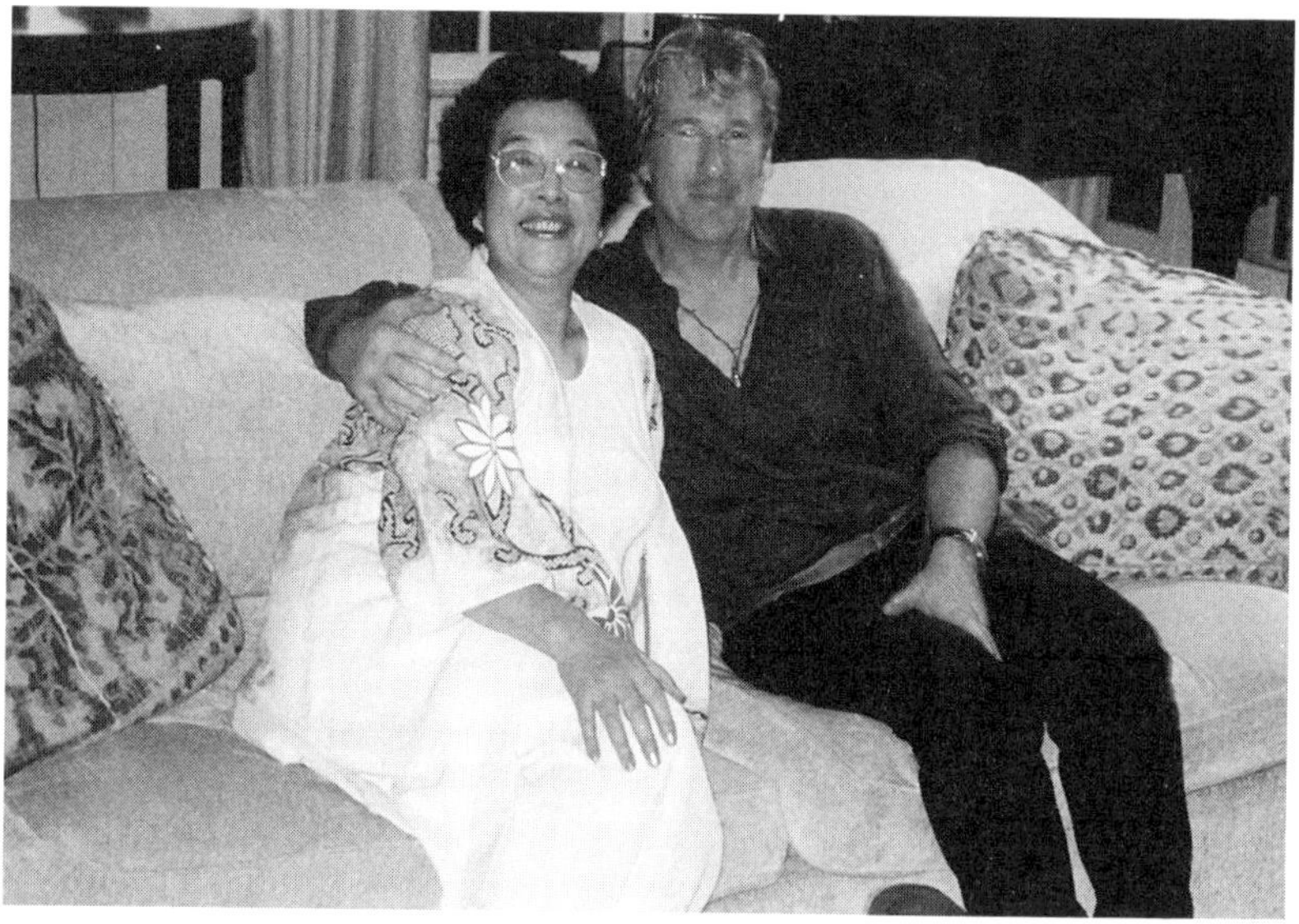

リチャード・ギアとは大の仲良し。彼の自宅にて。（写真提供／戸田奈津子）

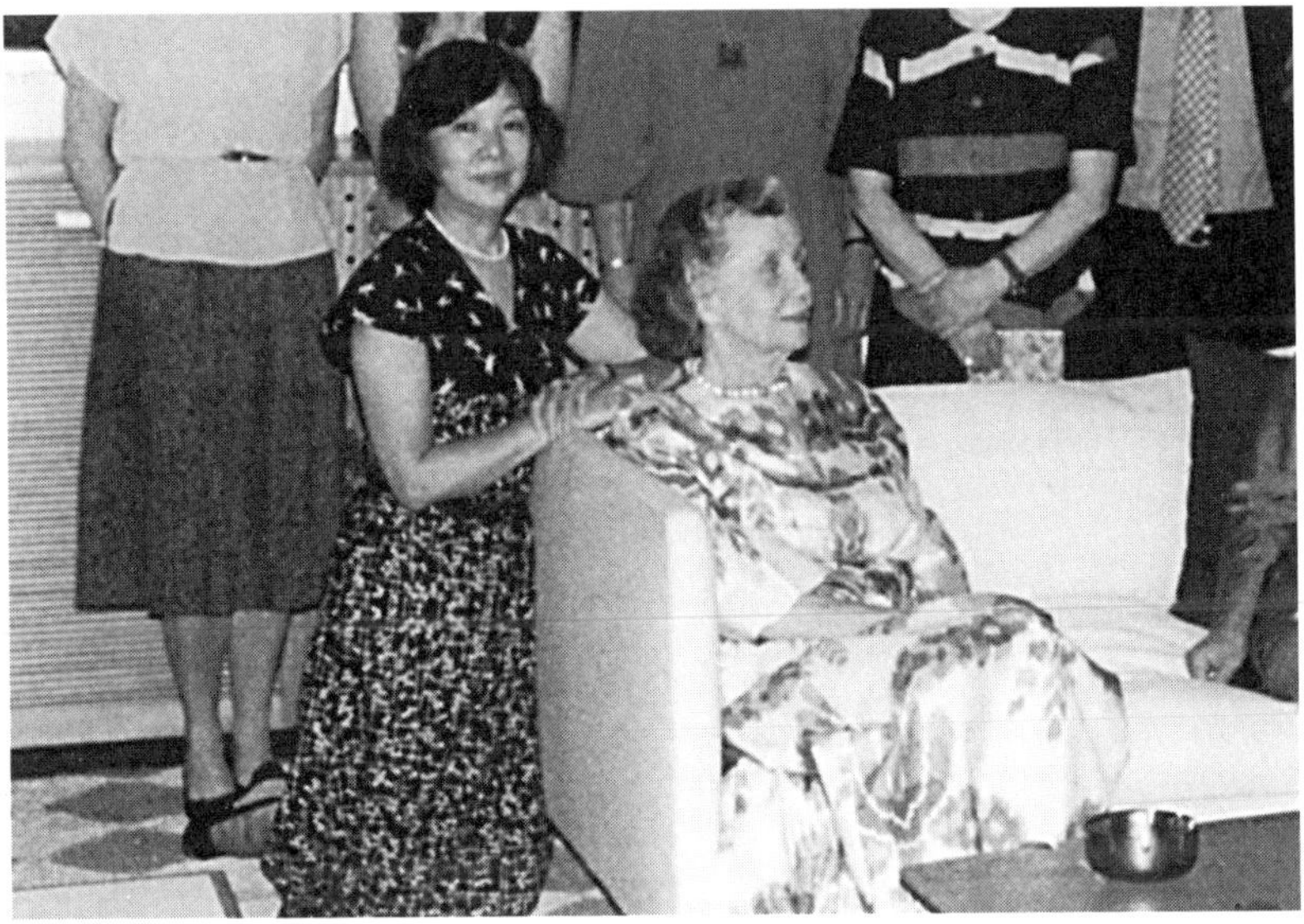

バーク夫人のオイスター・ベイの別邸にて。（写真提供／村瀬実恵子）

運命

戸田奈津子

字幕翻訳者としてデビューしてから51年、映画を通して欧米と日本をつないできた戸田奈津子さん。80代の現在も現役で活躍している彼女は、「今思うと、すごく運が良かった」と語る。もちろん幼いころに第二次世界大戦という大惨事を体験しているが、そのせいで文化に飢えていた心を満たすように映画に夢中になれたのだ。そして、戦後に解禁された洋画の質が非常に高かったのが戸田さんにとっての最初の幸運だった。ハリウッドは黄金期を迎えたのちにアメリカン・ニューシネマへと移行し、フランスはヌーヴェルヴァーグを、そしてイタリアもネオレアリズモを迎えることになる。世界の映画界が活況となり、観る人に深い感動を与える作品が次々に公開された。「中学生のときにＣＧＩ（コンピューターグラフィックス）を多用したアメコミ映画ばかり観ていたら、映画の仕事をしたいと思わなかったはず」と戸田さんは言う。

さらに会社員を辞めてフリーランスになった後、思いがけず通訳として活動することになったのも戸田さんの運命を左右した。大学の英文科を卒業したとはいえ話す機会がほとんどなかった戸田さんだが、思いきってチャレンジした結果、次々に映画会社の通訳の仕事を頼まれるようになった。当時はバイリンガルが少なく、競争相手がいない状況。来日した映画人の英語を聞きながら、「英語ではそういう言い回しをするのか」と現場で学びながら英会話をマスターしていった。また映画のプロモーション形式が現在とは異なり、もっとゆったりとしたスケジュールだったのもまさに「運が良かった」ことの一つ。つまり2～3日の滞在期間を取材に当てて、すぐに帰国する現在のプロモーション形式と異なり、70～80年代の来日スターにとって、1週間以上の日本滞在が当たり前。大阪での記者会見後は京都観光をする映画人も多く、通訳の戸田さんも仕事抜きで観光や食事に付き添うことが多かった。今は映画配給会社に2カ国語、3カ国語を話せる社員がいて、通訳もインタビュー時以外は来日スターと接する機会はない。ところが戸田さんは超一流の映画人との交流で大いに刺激を受け、また、個人的な関係を築くこともできた。いい加減が許される時代だったと言ってしまえば終わりだが、運が戸田さんの味方をしたという見方もできるのだ。

村瀬実恵子

コロンビア大学教授として、またメトロポリタン美術館の特別顧問として日本美術の研究を続けてきた村瀬さん。約60年にわたって日本美術を世界に紹介してきた彼女も、運に導かれた一人だ。

まず留学先のコロンビア大学で西洋美術史を学んでいた当時の美術史考古学部長が東洋美術史の研究を充実させようと考えたことが村瀬さんの人生を方向づけた。村瀬さんにとってはイタリア・ルネサンス期の美術の研究も捨てがたかったが、専攻するにはイタリア語やラテン語もマスターしなくてはならない。しかし日本美術史を研究するならば語学の勉強は不要なので、非・日本人の研究者に先んじることができる。学部長の勧めに従って、専攻をシフトした。実は1950年代には日本美術史はあまり重要視されておらず、脚光が当たるようになった時期と村瀬さんの研究が重なったのも幸運だったと言えよう。また村瀬さんが大学院時代に研究で訪れた時期、日本の文化庁では文化財保護法に基づいて重要文化財を認定するための鑑定会議が行われていた。美術品を前にさまざまな分野の専門家の知識を吸収することができ、真贋の見分け方を学ぶことができたのは日本美術を研究する上で大きな強みとなった。

そして次なる幸運がメアリー・グリッグス・バーク夫人との出会いだ。村瀬さんはコロンビア大学で教え始めてすぐに夫人と出会い、彼女のコレクションのアドバイザーを務めることになる。美術商を回り、コレクションを体系的に作り上げるための逸品を探すという役目を負った村瀬さんは、コレクションを充実させるために専門とする絵巻以外に、日本美術全般を学び直す必要もあった。その過程で仏画や水墨画、仏像や曼荼羅《まんだら》、神道の絵画などさまざまな分野の知識を深めることが新たな驚きと感動を生んだという。教職の傍ら、美術品を目利きして購入するという美術館のキュレーターのような仕事を体験したのは村瀬さんだけのはずで、大変ながらも楽しい仕事だったという。村瀬さんに全幅の信頼を寄せたバーク夫人との友情は50年以上にわたり、夫人が日本美術を学ぶ大学院生を別荘に招いてコレクションを研究させるセミナーは、コロンビア大学院で村瀬さんに学ぶ生徒にとってはご褒美のようなひとときとなった。

Talk About...

トーク4

「仕事の意味」について

「映画が娯楽の中心だった時代に字幕翻訳の仕事をやれたのは、本当に幸運でした。だから、私がとても楽しんだ映画を同じように楽しんでくれた人がいたことは、うれしいことです。仕事の喜びですね」戸田

「世界中に教え子たちを送っていたから、美術館も大学も日本美術というとコロンビア大学出身者ばかりとなって、大変、幅を利かせていた時期がありました。笑い話だけど、当時は、〝ムラセ・マフィア〟なんて言われていました（笑）」村瀬

戸田　先生は日本美術の専門家ですが、最初に研究なさったのは、屛風絵※ですか？

村瀬　絵巻です。というのも、中世のマニュスクリプト※を学ぶクラスを受講していて、聖書の挿絵に関する論文を書くために教授と話をしていたんですよ。そのときに教授から「日本はどうなっているのか？」って聞かれたんですが、私は日本美術を知りませんと答えるしかなかったんですね。

戸田　やっぱり、私たち日本人は、足もとになかなか目がいかないんですよね。

村瀬　教授は日本美術に興味があったようで、いろいろと話すうちに、「ああ、日本美術をそういうふうに見るのか」という驚きもありました。この会話がきっかけとなって、「言葉と絵との関係」というテーマで論文を書くことにしたんです。それで研究のために日

屛風絵
部屋の仕切りや装飾に用いる調度品である屛風に描かれた水墨画や極彩色絵画のこと。室町時代には屛風全体をキャンバスとする大絵画が制作され、城郭に欠かせない調度品となり、安土桃山時代から江戸時代にかけて、屛風絵は芸術とみなされるようになった。

マニュスクリプト（装飾写本）
手書きで複製された本（写本）に装飾文字や細密画の挿絵などの装飾を施したもの。

本に戻って、日本の絵巻を中世のイルミネーション※という観点から見るという論文を書き上げました。

戸田　先生も私たちと同じように日本美術の知識はなかった。それなのに大家におなりになったんですね。

村瀬　おっしゃるとおり、全然なかったんですよ。

戸田　それは逆に心強いです。知識ゼロから始めても、頑張れば大成できるということですから。バーク・コレクションを支えた先生ですが、ご自身は何かコレクションはなさっていますか？

村瀬　しませんよ。とんでもない話だわ（笑）。私が師事した松下先生は、「学者がアートを買うのは、いい点と悪い点があるよ」とおっしゃいました。つまりね、美術品を買ってしまうと、買ったものにどうしても色をつけて考えるようになるでしょう。疑いを持って見られなくなるの。自分が買ったんだからいいもの、と目が緩ん

イルミネーション（装飾／彩飾技法）
文字や模様を彩色する技法。様式はケルト様式に始まり、ビザンチン様式、ロマネスク様式、ゴシック様式、ルネサンス様式と時代によって変遷。

でしまうわけね。

戸田　色眼鏡というか、偽物や価値がさほどない美術品を買ってしまったと思いたくないですもんね。

村瀬　それに私の場合は、たとえ美術品を買ったとしても、それをきちんと保存できないのが難点ですね。焼き物だったらそんな気配りは不要でしょうけど、絵なんか買ってご覧なさい。ニューヨークのように乾燥した街に住んでいては、絵画をちゃんと保護していけませんから。それはもう、大変なことなのよ。湿度を一定に保って、温度も気をつけて。

戸田　美術館級の管理が必要ですよね。

村瀬　ですから、バークさんもコレクションがある程度の数になったら、屋敷を大改造しました。

戸田　美術品は、購入するのはもちろん、維持するのにとてもお金がかかるんですね（笑）。

村瀬　そんなお金はありませんしね。日本美術、それも古美術の絵なんて、何千万円という金額でしょう。しかももう市場には出回らないし。コレクターといえば、流派というか学説もそれぞれですね。先ほども言った、買っちゃったらどうしても愛着が湧くから芸術品の真価がわからなくなるという考え方。それとは逆で、自分のお金で買ってみなくちゃわからないという考えの人もいます。自分の財産を注《つ》ぎ込んだら、もっと真剣に見るという考えですね。

戸田　先生はどちら派？

村瀬　私は、買ったらやっぱり愛着が湧く派かしら。でもそんなお金があったら、洋服を買ったほうがいい（笑）。それにね、私は欲しければバークさんに買ってもらえましたから。

戸田　先生の欲しいものは、バークさんが持っていらっしゃったということか。見たくなったらメトロポリタン美術館に行けばいいわけですね。ご自宅には何も飾っていらっしゃらないんですか？

村瀬　日曜画家の友人が描いた絵くらいですね。別に好きだからじゃなくて、置くところがないから壁にかけているだけ。でも、焼き物なんかはちょこちょこっと買います。そんなに高価なものではなく、もちろん現代作品です。

戸田　注目なさっている陶芸家はいますか？

村瀬　※小池頌子《しょうこ》さんという女性陶芸家です。彼女の作品は、いただいたものと、買ったものを持っています。

戸田　小池さんの作品は、造形性に富んだ、オブジェのようにも見えますね。

村瀬　これは香合ですよ。現代陶芸が今のように盛んではないころは、作家さんに「水が入らないようなものはダメよ」って言ってた

小池頌子
陶芸家。東京藝術大学と同大学院で陶芸を学び、現在は多摩に構えたアトリエで作品を制作。アメリカや韓国、フランスでも作品が展示され、国際的に高い評価を得ている。

んですよ。でも、このごろはそんなことが言えなくなりました。最近は、穴だらけの陶器がいっぱいあるから（笑）。

戸田　先生は現代アートにも目配りなさっていらっしゃるんですね。

村瀬　アメリカではここ数年、日本の現代陶芸がものすごい勢いで流行《はや》ってるんですよ。お値段も手ごろでしょう。2千〜5千ドルくらいで買えるものもあるし、高くてもせいぜい2万ドル程度でしょう。私の教え子のジョーン・マービス※がその分野ではものすごい先駆けで、作家を大勢育てただけでなく、顧客も確保してマーケットを作りました。

戸田　作家を育てて、マーケットを作ったマービスさんを育てたのは先生ですよね。つまり、海外に日本美術を広めた先生の功績の一つでもあると思います。

村瀬　そうですね。日本美術が認められるようになったことに関し

ジョーン・B・マービス　ニューヨークを本拠地とするアート・ディーラー。日本美術、特に浮世絵と近現代陶芸を専門としていて、著作に『世界を魅了する日本の現代陶芸』（光村推古書院）がある。

ては、貢献したんじゃないかなとは思います。教え子たちがコロンビア大学をはじめ、各国の大学で教えているし、美術館員になっている人もたくさんいます。そういう意味では功績はあったと思うし、自慢してもいいかなと思います。

戸田 先生が日本美術を研究し、その成果を学んだ生徒たちが世界中にその魅力や知識を伝えたことは大きな功績です。

村瀬 当時は、ほかに誰もいなかったんですよ。私が大学で教え始めたのとほぼ同時期に、東洋美術がやっと認められるようになりました。大学で日本美術を教えるようになったし、各地の美術館で東洋部や日本美術部門を作り始めたの。それで日本美術に精通した教員や学芸員が必要となって、日本語もできる私の教え子たちがその中心になりました。世界中に教え子たちを送っていたから、美術館も大学も日本美術というとコロンビア大学出身者ばかりとなって、大変、幅を利かせていた時期がありました。笑い話だけど、当時は〝ムラセ・マフィア〟とか〝コロンビア・マフィア〟なんて言われていました（笑）。

戸田　先生がドンとして日本美術の種を蒔《ま》いたんですね。

村瀬　まだ、メトロポリタン美術館にもアジア美術部門がなかった時代だから、日本美術の黎明期《れいめいき》前のことです。今はもう、日本美術史はハーバードやイエールといった規模の大きい大学には学問としてちゃんと定着しています。

戸田　先生が蒔いた種が発芽し、花や実をつけたということですね。それが先生のお仕事の意義でもありましたね。

村瀬　意義というのかしら……、芸術に関してはただ「綺麗ね」と思うだけで通りすぎちゃうだけの人のほうが多いでしょう。それよりもっと美しいものを見たいという人がいれば、教えてあげたいという気持ちになります。

戸田　教えてあげたいという気持ちがモチベーションですね。私の場合は、映画を観る感動をシェアしたいという気持ちです。戦後に洋画が解禁されて、映画館で何度も感動しました。私自身が映画を本当に楽しんだし、いろんなことを学びました。映画がもたらしてくれる喜びや恩恵を大勢の人と分かち合いたい、同じ感動を味わってほしいという気持ちが仕事をする上で根底にあったと思います。

村瀬　戸田さんは、年間50本くらいの映画に字幕をつけていたとおっしゃったでしょう。これまでのキャリアで多くの人々と楽しい気持ちをシェアなさったのね。

戸田　お世辞でしょうけど、「あなたがつけた字幕で何本も映画を楽しみました」と言ってくださる人もいます。私が字幕をつけた映画を大勢の人が楽しんでくれたことは事実だし、うれしいこと。でも、それは私の仕事だったわけで、功績と言ってしまうのは、口はばったいです。

村瀬　自慢しても構わないと思いますよ。洋画の楽しさを大勢の日本人とシェアしたんだって。

戸田　そこは、自己主張が苦手な日本人ですから（笑）。思い返すと、情報や面白さを人とシェアしたいという気持ちの発芽は、中学時代だったと思います。我が家は当時、アメリカの写真誌「ＬＩＦＥ」を定期購読していました。英語を習い始めたばかりの私は、写真のキャプションを辞書を引きながら一生懸命読んでいました。でも祖母は英語がわからないから、「これは何の写真？」と聞くの。だから、おばあちゃんにわからせてあげたいと思って、そのキャプションを訳してました。もちろん英語の勉強にもなるし、楽しかった。翻訳というのがそもそも好きだったのね。おばあちゃんのためだけとはいえ、知らない人に面白さを知らせてあげたいという気持ちが心の奥底にあったわけです。お節介と言われちゃあ、それまでなんですけど（笑）。

村瀬　おばあさまもきっと喜んでいらしたでしょうね。

戸田　ええ、楽しんでいましたよ。そんなに何年も続けた記憶はありませんけど。字幕翻訳者になるまですごく時間がかかりましたが、職業選択は私にとっては一つの運でした。こんなに面白い仕事なのに、字幕翻訳者になりたいという人なんていなかったんですよ。だから私が字幕の仕事を始めたら、次々に仕事が舞い込みました。ある時期は、公開作品の字幕翻訳をほとんどやっていたような状況でした。

村瀬　戸田さんに憧れて、字幕翻訳者を目指す人も増えたんじゃないですか？　そうだったら、それも立派な功績ですよ。

戸田　私がやり始めてからしばらくは、英文科の女子大生はみんな「字幕の仕事がしたい」となりましたけど、プロになれた人は増えませんでした（笑）。それに、最近は声優が日本語吹き替えにした洋画のほうが人気らしいので、人気のある職業ではなくなっています。その上、映画自体が面白くなくなっていて、映画を観る人は年々減っています。映画が娯楽の中心だった時代に字幕翻訳の仕事をやれたのは本当に幸運でした。だから、私がとても楽しんだ映画を同じように楽しんでくれた人がいたことは、うれしいことです。仕事の喜びですね。

村瀬　戸田さんが字幕をつけた映画を観て、それについて友達とおしゃべりしたりね。映画製作の道に入った人もいるかもしれない。

仕事場にて。（撮影／亀井重郎）

Talk About...

トーク5

「美」について

「もしも『この世で一番美しい自然の〝美〟をあげろ』と言われたら、答えは、〝白い雲〟です。形が変わっていく雲って、本当に見飽きません」戸田

「何かを見て、〝あら、いいわ〟と思って、これは何だろうと思い始める。そこから、作品や芸術家を調べたりして、どんどん突っ込んでいく。そうすると、知識が増えて、人生がさらに楽しくなるんじゃないかしら」村瀬

戸田　コロンビア大学やメトロポリタン美術館で長年、芸術に関わってこられた先生にお尋ねしたいのですが、先生にとって〝美しさ〟とは何でしょうか？

村瀬　漠然とした質問だから、答えるのに困っちゃうわね。美しさ、ね。私はなんでも綺麗だと思っちゃうの。人間でも洋服でも（笑）、綺麗なものは綺麗。建築なんか、特に好きですね。私が進学先に東京女子大学を選んだ理由を考えたことがあるけど、あのチャペルだと思うの。アントニン・レーモンド※が建築デザインを手がけたチャペルを見た途端、「ここだ」と思ったみたい。当時は自分でも気がつかなかったけれど、建築デザインに目が吸い寄せられて、そういう部分が進学先を選ぶ決定打になったのね。

戸田　残念ながら、私は東京女子大のチャペルは見たことがありません。

アントニン・レーモンド
チェコ出身の建築家。フランク・ロイド・ライトの助手として帝国ホテル建設のために来日。完成後も日本に滞在し、レーモンド事務所を開設。吉村順三や前川國男らにモダニズム建築を教示する。１９７６年没。

村瀬　ステンドグラスや窓枠みたいなのがすごくモダンな感じでした。それに1940年代ですから、ああいう建物を見たのは初めてでした。戦争中でしょう。それで、「素晴らしい。中に入ってみたい」と思ったんです。大学に受かればチャペルに入れる、と単純に考えたのね。

戸田　私の友達も大勢、東京女子大に通っていましたけど、誰からもチャペルの話など聞いたことがありません（笑）。やっぱり先生には、独特の感覚がおありになるのね。

村瀬　あのチャペルが東京女子大では一番素敵なのに。

戸田　先生、お気に入りのアートはほかにありますか？

村瀬　お気に入りの芸術を選ぶのは、なかなか難しいですね。私のような研究者は、汚染されているから（笑）。

戸田　汚染!?　それはつまり、多くの芸術を見すぎたということですか？

村瀬　そうです。仕事柄、いろんなものを見なくちゃならないでしょう。

戸田　岩波書店から出ている先生のご本（『日本障屏画名品選―在米コレクション』）を拝見しましたが、掲載されている日本絵画もとても素晴らしいです。日本人なのに、私はなぜ今までこういう絵に接していなかったのかと思いました。有名な作品もありますけど、初めて見る絵もたくさんありました。先生のように専門に学ばれたら別だけど、私には見る機会もありませんでした。だから、西洋の芸術家ばかりが傑作を作っていると思っていましたが、とんでもない間違いでした。先生は、西洋画や彫刻でお好きなものはありますか？

村瀬　西洋だったら、好きなのは※ビザンチン期のモザイク画ですね。

ビザンチン期のモザイク画
東西に分割統治されて以降の東ローマ帝国で発達したビザンチン美術の一つ。

イタリアの北のほうにラヴェンナ※という古都があります。その周辺には6世紀くらいに作られたモザイク画があるんです。自転車で回ったんですけど、楽しかったわ。

戸田　モザイク画の魅力はどこにあると思われますか？

村瀬　ラヴェンナのモザイク画は、少しプリミティブなのね。つまり素朴な感じと言ったらいいかしら？　美しいけど、素朴な感じがあるのがとても気に入っています。例えば、人物画でも目が眇《すがめ》みたいになっているものもあったりするし。

戸田　モザイク画って歴史が古いですよね。ポンペイ※でもモザイク画をたくさん見た記憶があります。床に手を尽くした絵が描いてあって、すごく印象的でした。先生にとっての〝美しさ〟とはやはり、芸術と切り離せないものなのですね。私も美術館は大好きで、旅行で訪れた国々の知らない街にある美術館や博物館にせっせと足を運

ラヴェンナ　イタリア共和国エミリア＝ロマーニャ州にあるラヴェンナ県の県都。古代ローマ時代から中世にかけて繁栄。

ポンペイ　西暦79年に起きたヴェスヴィオ火山大噴火で一夜にして消滅したイタリアの古代都市。

びました。
村瀬　印象に残っている美術館はありますか？
戸田　フィレンツェのアカデミア美術館※です。有名なミケランジェロのダビデ像※を見に行ったんです。入っていくと正面にダビデ像が立っていて、圧倒されました。ただ、もっと衝撃的だったのが、ミケランジェロの未完の彫刻です。制作途中の巨大な大理石の塊の一部です。でも彼が彫っている部分は、見事に生命が宿り、血が通っているのです。石の塊なのに、そこだけ生命が脈うってる。見たかったダビデ像よりも、その石に感動しちゃいました。
村瀬　美しさを感じるというのは、生命を感じる瞬間なのかもしれませんね。素晴らしい芸術にはやはり、生き生きとした生命感があふれていますから。
戸田　私は音楽が好きなのですが、生命が宿っていると感じる演奏

アカデミア美術館
イタリア共和国フィレンツェにあるフィレンツェ美術学校の美術館。

ミケランジェロのダビデ像
サンタ・マリア・デル・フィオーレ大聖堂の依頼でミケランジェロが制作した大理石彫像で、旧約聖書に登場するイスラエル王ダビデをイメージして作られている。

に出会うことが稀にあります。その瞬間、生きててよかったなと感じるし、よく考えると私はそのときに〝美〟と接しているのでしょうね。ミケランジェロの石を見たときも、そういう思いでした。ところで先生、私にとっての〝美〟というものは、自然の〝美〟と人が作った〝美〟の二通りがあります。自然の〝美〟というのは本当に美しくて、もしも「この世で一番美しい自然の〝美〟をあげろ」と言われたら、答えは「白い雲」です。形が変わっていく雲って、本当に見飽きません。飛行機に乗っているとき、窓からずっと眺めることもあります。それと花の美しさは誰もが認めているのではないでしょうか。色も綺麗だけど、造形がまた素晴らしい。どんなに小さな花であっても、信じられないくらい緻密なデザインが施されているでしょう（笑）。

村瀬　確かに、道端に生えている小さな花も綺麗ですよね。

戸田　全部、見事にデザインされているじゃないですか？　誰が作ったのか知らないけれど、本当に美しい。

村瀬　信心深い人ならば、神様というところね。自然の生い立ちについては誰も研究していないと思いますけど。

戸田　研究といえば、先ほど感想をお伝えした先生の著書を読めば、先生の研究の一端がわかります。ところで先生、日本美術というと〝侘《わ》び寂《さ》び〟の世界だと私たち素人は勝手に考えているのですが、先生がお考えになる〝侘び寂び〟とはどういうものでしょうか？

村瀬　なんというか、言葉にするのは難しいわね。アメリカ人に言うときは、「シャビーじゃないのよ」と言いますけど（笑）。

戸田　うまい駄洒落《だじゃれ》ですね。シャビーという言葉は、みすぼらしいとか古臭いという意味があるし、〝寂び〟と語感も似ています。

村瀬　安っぽくて、どこか欠けていて、泥でもくっついているような茶器を見て、それが〝侘び〟だの〝寂び〟だのって思ってしまうアメリカ人がいるのよ。こっちとしては、そういうのが困るから、「〝寂び〟はシャビーじゃないんだよ」って言うの（笑）。

戸田　日本人なので、なんとなく感覚でわかる気はします。けれど、何が〝侘び寂び〟なのかと説明するのは難しいように思います。

村瀬　そうね。例えば、土壁で仕上げられた床の間にサザンカの花かなんかがぽこっと一輪生けてあるような感じと言ったらいいかもしれませんね。

戸田　外国の方には、床の間に花が一輪という、そういう例を出して説明なさるんですか？　それだとわかってくださいますか？

村瀬　ええ、ええ。やっぱり、そういう情景を心に思い浮かべてみれば、心が安まるとわかるんじゃないかしら。外国の方にも〝侘び〟という概念が伝わる気がします。

戸田　具体的なたとえを出すといいのね。

村瀬　アメリカ人と日本人には似たところがあります。アメリカ人もわりと外国の文化や流行を取り入れたがるのね。日本人はアメリカ人よりも強いかな？　ところが中国人の場合は、外国のものを認めたがらない。自国のものが世界一だと思っているから。

戸田　ヨーロッパの人はどうですか？　例えばイタリア人は？

村瀬　イタリア人は自国の文化や伝統に重きを置いているから、他国にあまり興味がないように思いますね。フランスもそうですね。でもドイツ人は意外に外に目を向けている気がします。

戸田　日本人は自国にないなら、外に目を向ければいいと思うのかもしれませんね。

村瀬　逆に美術界の中国人はね、そりゃもう自国の美術が最高だと思っているように感じますよ。6世紀くらいから、墨一色で絵を描いていて、しかも「墨に五彩あり」と文章に書いてあります。だから彩色が施された絵画なんてのは、職人芸であって芸術ではないという意識なわけです。

戸田　「墨に五彩あり」って、墨の濃淡のことですね。

村瀬　そう。ちょっと中国美術をかじったなら誰でも知っているようなことです。墨絵関連では忘れられない思い出があります。私がメトロポリタン美術館で働き始めた時代のことです。当時の東洋部長が中国人で、※曾我蕭白《そがしょうはく》の絵をいくら頼んでも買ってくれなかったんです。なかなかいい鷹の絵が出たんですよ。いい絵の具を使ってあったからすごく綺麗な彩色で、本当に素晴らしい作品でした。それを買ってもらいたかったのですが、掘出物なのでお値段もそれなりでしたから、部長がうんと言わないと無理です。私も頑張って、部長にしつこく「買ってください、買ってください」と何度も頼み

曾我蕭白
江戸時代中期の絵師。高い技量で強烈な表現力のある水墨画を描く。また、さまざまな無頼のエピソードともあいまって「奇想の絵師」とも呼ばれる。

ました。それで部長はとうとう堪忍袋の緒が切れたらしくて、「実恵子、“It's in color.”（これは、彩色画じゃないか）」と（笑）。思わず出ちゃったらしく、言った後でしまったという顔をしていましたよ。そのとき、この人はやっぱり6世紀からの「墨に五彩あり」という教えを信じているんだと実感しました。

戸田　面白いエピソードですね。結局、その絵は買ってもらえなかったんですか？

村瀬　買ってなんてもらえませんよ。だって、色がついた絵なんですから（笑）。

戸田　掘出物なのに、残念でしたね。でも不思議だわ。中国ってカラフルなものもいっぱいあるじゃないですか。壺とかお寺とか、チャイナドレスもカラフルですよね。それなのに、絵はモノクロの水墨画が最高という感覚なのは面白いですね。そういう美意識って、どうやって磨くのかしら？　芸術をたくさん見れば見るほど美意識は育つのでしょうか？

村瀬　やっぱり、それはそうだと思います。でも、いいものを見ないとダメです。なんにも知らない人だって、いい作品を見せていけば、徐々に美意識が磨かれるだろうと思います。もちろん見る人によって差があるかもしれませんけどね。いい芸術を見ることは、美意識を磨く役に立つと思います。

戸田　いい芸術を見て美意識や見る目を磨くと先生はおっしゃるけど、世の中にはいくらいいものを見ても何も感じない人もいるんじゃないかしら。

村瀬　ええ、ええ。さっき〝寂び〟（シャビーではない）と言いましたけど、芸術や風情を理解しない段階で、変なふうに曲解するといけませんね。ただ汚れて、欠けていれば〝侘び〟だと思ってしまう（笑）。そういう誤解をする人も出てきますね。

戸田　そういう美の本質がわからない人に、少しでも「美しいもの」を教えてあげたいと思った場合に何か手段はありますか？

村瀬　そうね、難しいわね。

戸田　そうなるともう、持っている感性の問題でしょうか？

村瀬　私も自分のことで手いっぱいだから（笑）。

戸田　感性のあるなしは、生まれた瞬間に決められちゃっているのかしら？

村瀬　でも、美しいものやいい芸術に囲まれていれば、「美しいもの」の感じがわかるようになる人もいると思いますよ。

戸田　環境も大事ということですね。

村瀬　もちろん芸術に興味のない人に強制するわけにはいかないでしょうけどね。前にも言いましたが、裕福な家庭に生まれ、素晴らしい芸術を見ながら育っても美意識が育っていなかった学生もいました。「美しいもの」の感覚はわかっていても、美の本質や〝侘び寂び〟を理解するにはそれだけではダメなんですね。

戸田　世の中には芸術なんていらないという人もいますが、私は芸術を楽しむことができたり、知ることが人生を豊かにすると思います。だから、美意識や感性を養っていきたいですね。

村瀬　そうよね。何かを見て「あら、いいわ」と思って、これは何だろうと思い始める。そこから作品や芸術家を調べたりして、どんどん突っ込んでいくと知識も増えて、人生がさらに楽しくなるんじゃないかしら。

戸田　それはとっても重要なことだと思います。誰にとっても大切なことです。私の場合は、まず映画でした。映画があって、その脇に音楽があったような気がします。好きなのはクラシックで、コンサートにもよく行きます。ただ、素敵と思ってもどんどん突っ込むほどじゃないので、あまりマニアックな突き詰め方はしていません。クラシック音楽からオペラに進んで、最近はもっぱらオペラを観ています。それこそ「あら、いいわ」と思って、調べてるというか、ちょっと足を突っ込んでるって感じです（笑）。

村瀬　好きなことを追求するのは楽しいでしょう。芸術もね、ただ「綺麗ね」と言うだけで通りすぎちゃうだけの人のほうが多いと思います。もしも、それよりもっと美しいものを見たいという人がいれば、私はその人により深い世界を教えてあげたいという気持ちになります。

戸田　では、芸術を理解するのは難しいと考える人にはどのようにアプローチするのがいいのかしら？

村瀬　理解するとはどういうことなのかがまず問題ですよね。人によって違うでしょう。これはなあに？　誰が描いたの？　それぐらいですむ人がほとんどでしょうね。でも、いつの時代の、誰の作品で、何を描いたのか？　ことに日本古美術になると、何を描いてあるのかがわからなければ、話になりません。それで私はあるとき、「留守模様」について勉強したんですよ。留守模様って、ご存じ？

戸田　いいえ、知りません。

村瀬　留守模様とは、源氏物語の絵巻や上流階級の生活を彩る漆工芸品などに好んで用いられた手法です。ただし光源氏のような人物は描かず、彼の牛車と秋の草や虫だけで物語の情景を表現するんです。人ではなく道具立てで描くから、読み解くほうには幅広い教養が必要になってきます。

戸田　知識と同時にイマジネーションも必要になりますね。現代はコンピューターが幅を利かせています。でも、人間にあって、コンピューターにない、素晴らしいものの一つはイマジネーションだと思います。

村瀬　まさにそのイマジネーションが留守模様の核ね。お能の演目の一つ、「菊慈童《きくじどう》」ってご存じ？　中国の故事に基づいています。中国の皇帝に仕えた童子の話で、ある失敗を犯して追放されてしまいますが、彼を憐《あわ》れんだ皇帝から経典を教えられます。童子は忘れないように菊の葉に経典を写すと、その葉についた露が不老不死の霊水となります。それを飲み続けた童子は不老不死となり、後世の皇帝にその霊水が伝えられたという話です。漆の工芸品の模様には、川と菊と柄杓《ひしゃく》だけが使われますが、童子がいなくても、わかる人にはわかるんですよ。

戸田　留守模様、初めて聞きました。欧米だと人物画でも風景画でもモチーフをバッチリ描きますものね。日本人とは発想が全然違うんだと思います。先生はアメリカにずっとお住まいなのに、日本人の私よりも日本人らしい美意識をお持ちですね。

村瀬 そりゃ、商売柄ですよ（笑）。日本美術を商売にしていますから。フルブライト留学中に西洋美術を学びましたが、ラテン語もできなければ、イタリア語もできなかった。それこそ中途半端な勉強しかできないはずだったのに、日本美術に切り替えたおかげで、いろいろと深く突き詰めることができました。本当にその点はありがたいと思っています。

戸田 学ぶ側にも相応の知識が必要なわけですよね。学生さんに日本美術を教えていたころ、先生が伝えたいことが彼らにうまく伝わらなかったことはありますか？

村瀬 あるでしょうね（笑）。大学院の学生だとわからないことは質問するでしょうけど、学部の学生にとってはどうでもいいんですよ。わからなかった、って教室から出ていけばそれで終わりだから。

戸田　でも、アメリカ人の学生は、日本の大学生よりは積極的に教授に質問するイメージがあります。

村瀬　私もそう感じます。私が通史を教えているときは、1クラスに55人くらいいました。ほかにもいっぱい授業を取っているんで、授業内容に興味を持っている人だったら、オフィス・アワー※に質問にきていました。

戸田　オフィス・アワーに尋ねてきた学生の中に、日本美術に関して鋭い質問をした学生はいましたか？

村瀬　結構いましたよ。コロンビア大学では美術関連の科目を数クラス受講しないと卒業できないんですよ。医学部を志す学生なんかは点数稼ぎというのもあるんでしょうけど、熱心に美術史を勉強していましたよ。こういう人たちが将来、お金持ちになって日本美術

オフィス・アワー
専任教員が研究室に在室し、学生からの質問、相談に応じる時間。

を買えるのかなと思っていました（笑）。

戸田　いいですね。お医者さんになるような学生が美術史もちゃんと勉強するなんて。日本の医学部の学生だったら医学に関係ない授業なんか、右から左に抜けちゃう人が多いと思います。

Talk About...

トーク6

「楽しみ」について

「運動が嫌いな私にぴったりの趣味がありました。シュノーケリングです。海の中って本当に綺麗なんですよ。特に熱帯魚。浮いているだけなんで、歳をとってもＯＫです。また、行きたいです」戸田

「月に１回、ブッククラブに参加しています。数人で本を読む仲間みたいな感じで、そんなに堅苦しい集まりじゃないの。読む本は、参加者が了承してくれたもので、私が最初に選んだのは『紫式部日記』でした」村瀬

戸田　先生の普段の「楽しみ」について教えてください。私は最近、テレビで放映されるオペラや演劇を観ることが増えました。これは新型コロナ禍で唯一、楽しめることでした。メトロポリタン・オペラを全部配信してくれるので、それを日々、観ているんですよ。オペラは長いから半日潰れるし、※ワーグナーなんか午前中から夕方までバッチリ（笑）。

村瀬　メトロポリタン・オペラは、ニューヨークに来ないと見られないですからね。

戸田　そうです。全ジャンル、全レパートリーが家に居ながらにして好きなときに楽しめるなんて素晴らしい。ロンドンのロイヤル・ナショナル・シアターのお芝居もブロードウェイのミュージカルもプレミアで観ることができます。現地に行かずにして、本当の舞台が観られる時代がくるとは。そりゃあ劇場でライブで観る迫力には

ワーグナー
リヒャルト・ワーグナー。ドイツ人作曲家、指揮者、思想家。総合芸術としてのオペラを提唱し、ロマン派オペラの頂点を極めた。代表作に「ニーベルングの指環」「タンホイザー」など。1883年没。

かなわないかもしれませんが、お茶の間で素晴らしい歌や演技が楽しめるなんて。

村瀬　私は子どものころから読書が趣味で、パンデミックに関係なく、寝っ転がって本を読むのが大好きです。なにせ、小学校1年生のときにお小遣いをもらって、芥川龍之介※全集を買ったくらいですから。

戸田　それは、早熟ですね。

村瀬　生まれて初めて、使いでのあるお小遣いをもらったんですね。それで「これで何を買ってもいいの？　好きなものを買ってもいいの？」と母に聞いたら、「いいわよ」と言われたので、本屋に駆け出していきました。

戸田　小さいころから知的好奇心が旺盛だったんですね。私も背伸びして三島由紀夫※を読みましたが、それでも10代のころです。文章

芥川龍之介
東京帝国大学（現・東京大学）在学中に菊池寛らと同人誌「新思潮」を刊行し、作家活動を開始。1927年に自死するまでに「羅生門」や「芋粥」「南京の基督」などを発表。

三島由紀夫
小説家、劇作家、評論家、政治活動家。代表作に「金閣寺」「潮騒」「仮面の告白」など。1963年にはノーベル文学賞にノミネート。1970年没。

自体が難しかったとはいえ、語彙の豊富さ、表現の美しさには衝撃を受けました。全部は理解できませんでしたが、難しいことを言っているのだろうなぐらいはわかりましたよ。そういう刺激を受けるのは大切ですよね。最近は、どんな本を読んでいらっしゃるんですか？

村瀬　新型コロナの影響で外へ出られないでしょう。だから、家にある、だいぶ前に読んだ古い探偵小説を読み返しています。

戸田　探偵小説はどういうのがお好きなんですか？

村瀬　宮部みゆき※さんが好きですね。昔は英語の勉強も兼ねて、海外ミステリーを読んでいましたけど、やっぱり日本語だと「うまいなー」と感じる表現方法が多いのね。日本独特のオノマトペなんかにね、グッときます。

戸田　日本語がお上手なのは、探偵小説で日本語をキャッチアップ

宮部みゆき　小説家。1987年、デビュー作「我らが隣人の犯罪」でオール讀物推理小説新人賞を受賞。代表作に山本周五郎賞受賞作「火車」や直木賞受賞作「理由」など。ミステリーだけではなく、ファンタジー小説や時代小説も手がける。

なさっているからですね。私はやっぱり英語の本を読んでしまいます。大学時代から原文を読んでいるし、ミステリーだと「犯人は誰?」というエサがあるから、ページを繰る手が止まらなくなりますね（笑）。それにミステリーの英語は、すごくコロキアル（口語体）でしょう。探偵たちがしゃべる言葉は、教科書に書かれているような古典の英語とは違って、人々が日常使っている英語ですから。

村瀬　生の英語というわけね。

戸田　英語の勉強にもなるし、字幕翻訳の参考にもなるので、すごくたくさんミステリーは読みます。最近のお気に入りは、マイクル・コナリー※。ハリー・ボッシュ・シリーズが好きですが、なかなか次が出ないから待っているところです。

村瀬　日本の探偵小説は読まないの?

戸田　先生がお好きな宮部さんの小説は読んでいます。

マイクル・コナリー
アメリカ人小説家。1992年に「ナイトホークス」でデビューし、エドガー賞処女長編賞を受賞。刑事ハリー・ボッシュが活躍するシリーズをはじめ、車を事務所にする弁護士ミッキー・ハラーのシリーズなどベストセラーを連発している。

村瀬　長編の作品が多いでしょう。
戸田　私は短編だと物足りないので、長編のほうが好きです。日米のミステリーを比較すると、もちろん世界観も違うし、作家の感性も違うと感じますね。
村瀬　実は私はブッククラブに参加しているんですよ。数人で本を読む仲間みたいな感じで、そんなに堅苦しい集まりじゃないの。読む本は、参加者が了承してくれたもので、私が最初に選んだのは「紫式部日記[※]」でした。
戸田　そんな高尚な本を！　ではメンバーはみなさん、日本人ですか？
村瀬　もちろん。「紫式部日記」は、日本人じゃないと読めませんよ。もっとも英訳は出ていますが。それが終わって、次は「枕草子[※]」。今、下巻のほうです。

紫式部日記
紫式部が記した日記や手紙による文学。藤原道長の娘・彰子に仕えた紫式部の目を通し、宮中の様子や人間関係が描かれている。ライバルとされる清少納言や後輩の和泉式部の悪口も綴られ、紫式部のひととなりがわかる。

枕草子
藤原道隆の娘・定子に仕えた女房、清少納言が書いた随筆集。「春は、あけぼの。」で始まる随筆は、平仮名を中心とした和文で書かれている。

戸田　古典のお勉強ですね。原文を読んで、おわかりになるわけだから、素晴らしいわ。

村瀬　注釈がちゃんと書かれている本ですよ。

戸田　ブッククラブというのは、本を読み終わった後でお互いに感想を言い合うんですよね？

村瀬　まあね、でも日本人同士だから、そこはちょっといい加減です（笑）。「ここ、わかんなかったね」とか、それくらいですよ。

戸田　集まるのは、月に1回くらいですか？

村瀬　月に1回です。私は後から入れてもらったんですけど、当時はちょっとメンバーも違っていたの。しかももっともっと難しい、※本居宣長《もとおりのりなが》なんかを読んでいたんですよ。だから、最初は「勘弁してよ」という感じでした（笑）。

戸田　本のチョイスが古典の研究者みたいで、すごいですね。メン

本居宣長
江戸時代の国学者、医師。庶民の治療をする傍ら、賀茂真淵《かものまぶち》に弟子入りして「古事記」を研究。「古事記伝」や随筆集「玉勝間」などの著作を残している。1801年没。

バーはどんな方なんですか？

村瀬　一人はね、わりと有名な方です。朽木《くちき》さんという方。

戸田　翻訳もなさる作家の※朽木ゆり子さんですか？　フェルメール関連の本を読んだことがあります。

村瀬　ほかにはお父さまがニューヨーク支社に転勤になったという女性や、留学でニューヨークに滞在していた女性がメンバーだったこともあります。

戸田　メンバーの年齢は幅広いし、とても知的なグループですね。先生の場合は趣味にしても絵を描くとか料理を習うといった、平凡なことじゃないんですね。

村瀬　私は昔っから絵は描けないの。描いてみようかなと思って、やってみたこともあったんですよ。ところがね、ダメなの。ちょっと山を描くのでも、「あ、これは※セザンヌの真似《まね》だ」となっちゃう。

朽木ゆり子
ニューヨーク在住の日本人ジャーナリスト、翻訳家、作家。著作に「消えたフェルメール」（集英社インターナショナル）や「パルテノン・スキャンダル―大英博物館の〈略奪美術品〉」（新潮社）など。

セザンヌ
ポール・セザンヌ。フランス人画家。19世紀後半に活動を始

戸田　セザンヌを真似できるだけでもすごいじゃないですか。私には絵画の才能は全くありません。これは、遺伝かもしれない。父が戦死した後は母親が働いていたから、幼い私の面倒は祖母がみてくれていたんです。その祖母に「絵を描いて」とせがんだらしいんですが、祖母は絵心が全くない人でした。画用紙に鉛筆で四角と丸を描いて「食パンとあんパンだよ」って（笑）。そういう絵を見せられていたんじゃあ、絵の才能が育つわけありませんよね。全然ダメ。先生は仕事でも素晴らしい絵画をたくさんご覧になっていらっしゃるから、ある意味、目に焼きついた絵を知らないうちにコピーしちゃうのかもしれませんね。

村瀬　でも、芸術家のコピーだとバレちゃうのは、描いているほうの気分も良くないでしょう。趣味といえば、つい最近、書の練習を始めました。

め、印象派の影響を受けながらも独自の道を追求。ゴッホやピカソ、マティスに大きな影響を与えた近代絵画の父。1906年没。

戸田　それは、どういうきっかけがあったんですか?

村瀬　書を習いたいとは、かなり前から考えていたんです。コロンビア大学で教えていたころに故宮博物院※の有名な中国美術を見せてくれることになって、台湾を訪問したのがきっかけです。どの部門を訪ねても、部屋に入るときに自分の名前を書くための筆と墨が置いてあるんです。日本だったら名刺交換ですみますけど、台湾は署名が必要。筆で名前を書くのが苦手だったから、恥ずかしい思いをしたんです。

戸田　そのお気持ち、とてもよくわかります。私も、悪筆なんですよ(笑)。講演会などで色紙や本にサインを頼まれることもあるんですが、時には英語で書いて誤魔化します(笑)。

村瀬　故宮博物院で研究していたとき、日本人の名前が珍しいということもあったのでしょうけど、係の人が私が名前を書いている手

故宮博物院
中華民国台北市にある国立の美術館。第二次世界大戦中、清朝が所有していた美術品に戦火が迫るのを危惧した蔣介石率いる国民政府がそれらを避難させ、国共内戦時に特に重要な美術品が台湾に移送された。2015年に嘉義県に故宮南部院区がオープン。

元をしげしげと見つめるわけ。本当に恥をかきました。故宮博物院のオフィスにはキュレーターに会うために台湾の学生さんも来てるんですよね。彼らを見ていたら、廊下で椅子に座って待っている間に自分の鞄から墨壺と筆と新聞紙を取り出して、お習字の練習をしていました。自分の名前を書くのさえ恥ずかしかった私はそのとき、時間ができたらせめて自分の名前を綺麗に書けるようにならなくちゃと思ったんです。思って、50年くらい経っちゃいましたね（笑）。

戸田　やらなくちゃと思っても、なかなか行動には移せないこともありますよ。

村瀬　ようやく重い腰を上げて、東京藝術大学で書を学ばれた方に教わっています。先生に言われたんですけど、私の名前は書くのがちょっと難しいんですって。

戸田　画数が多いからでしょうか？

村瀬　だから結局、今でもサインでしのいでいます（笑）。

戸田　失礼な言い方ですが、90歳を超えても新たに習い事を始められるというのはすごいバイタリティですね。普通の人間には真似できませんよ。

村瀬　そうかしら？　時間があるからですよ。

戸田　いえいえ、先生はまだ原稿も書いていらっしゃるし、ほかの90代の女性に比べるとお忙しいと思いますよ。

村瀬　ほかの女性だったら多分、お料理とか習うんでしょうね。私はお料理はあんまりやる気がしないの。

戸田　先生がお習字を習っていると伺って、とても触発されます。実は私も以前、書を習おうと思ったことがあるんですよ。お習字を習っている友人から先生を紹介してもらったこともありました。その先生が親切な方で「一緒に筆を買いに行きましょう」と盛り上がったんですが、仕事が続けざまに入ってしまって、それきりになってしまいました。先生のお話を伺って、今は時間がいっぱいあるから、また始めようかなと思い始めました。

村瀬　せっかく、筆も買ったわけですしね。

戸田　それが……。盛り上がったんですが、実際に買うところまではいかなかったんです（笑）。今から道具を揃えて、やろうかな、で終わっちゃった。私が習おうと思っている先生は関西方面にお住まいで、通信教育なんです。私が書いた習字を送ると、先生が添削して送り返してくださる。私は、仮名を習いたいと思っているんですよ。硬い楷書と違って、仮名って本当に優雅でしょう。

村瀬　読めないという人も多いですけど、女性的でいいんじゃないですか。

戸田　何と書いてあるのかわからないから、誤魔化せるかもしれませんしね（笑）。でも、墨の濃淡を使った書はとても美しいと思います。今から始めるのは遅すぎるかなと思っていましたけど、先生が90代で始められたと聞いて、勇気づけられました。

村瀬 戸田さんも仕事がお忙しかったから、趣味や習い事に割く時間がそんなになかったんでしょうね。

戸田 60の手習を超えて、70代のときにタップダンスを習ったことはあります。本気でやろうなんてもちろん思っていたわけじゃありません。ただ「行こう、行こう」と友達に誘われて、付き合いでダンス教室に行ったんです。社交ダンスとか踊るのは嫌いじゃなかったし、音楽もあるからいいかなという軽いノリで。そうしたら、レッスンを受けているときに新聞の取材が入って、私が踊っている写真が大新聞の一面に掲載されちゃったんです。知り合いがみんな、仰天してましたよ（笑）。

村瀬　タップダンスなんて、とてもハードな運動じゃないですか。どのくらい続けられたの？

戸田　そんなに真面目に習っていたわけではなかったので、交通事故に遭って骨折したのを理由にやめました。

村瀬　私は子どものころからインドア派で、運動というものが嫌いです。小学校の運動会には必ず徒競走があって、走らされるでしょう。ヨードンで走っているうちにどんどん、みんなが前に行っちゃって、私一人になっちゃうわけ。それを見ながら「なんてバカらしいことしているんだろう」と思うと、だんだん足が動かなくなってきてね（笑）。「なんで毎年、毎年こんなことやるんだろう？」「なんで医者から病気の証明書をもらってこなかったんだろう、来年はそうしなくちゃ」なんて考え始めると、走るどころか、歩くのも忘れて、立ち止まっちゃって。そこで父兄席から「おい、そこのノッポ、走れ！」って大きな声で怒鳴られて、走らなくっちゃと気がついたということもありました。

戸田　子どもって運動会の徒競走はただ走るだけですけど、先生は走る意味を考えちゃう子どもだったんですね。

村瀬　家に帰ったら、父親がプンプン怒っていました。私に怒鳴った人は父の部下で、後ろのほうに座っていた父が「おい、あれは私の娘だ」って言い返したそうです。父は運動会が終わってもまだ怒っていましたよ。そういえば高齢者は散歩が好きだと思われるけど、私は散歩も大嫌い。

戸田　先生が運動嫌いと聞いて驚いています。だって、97歳になられた今もすごくお元気ですよね。

村瀬　ええ、元気なんですよ。医者からは長年「エクサイズが大事だ」と言われ続けましたけど、何もしませんでした。健康診断を受け始めた最初の10年くらいは、一年に一度の検査に行くたびに「歩いていますか?」なんて尋ねられていたんですよ。はじめは、「いや〜、私はね」なんて誤魔化していたら、医者もだんだん尋ねなくなりました(笑)。そのうち、エクササイズを真面目にやっている友達が怪我《けが》をしたと聞いて、「だから言わないこっちゃないでしょう、何もしないのが一番よ」って言ったの。

戸田 私は最近、朝起きた途端に骨折して、体力の衰えを感じました。知らないうちに骨が折れてたなんて、ありえないじゃないですか。

村瀬 でも、若い子でも骨折するでしょう。

戸田 彼らは激しいスポーツで骨折することはあっても、起き上がったくらいで骨が折れたりはしませんよ。私はずっと丈夫だったんです。これだけは本当にラッキーです。今まで大きな病気に罹《かか》ったこともないし、人間ドックでもいつも全部の数値が合格点です。私も先生と同じで体を動かすことが嫌いだし、エクササイズなんて今までしたこともありませんでした。でも骨折はさておき、先生のお話を聞いていると、運動なんてしないほうがかえっていいのかもと思います。

村瀬　私たち、二人とも親から丈夫な遺伝子をもらったんですよ。親に感謝しないといけませんね。

戸田　おっしゃるとおりです。そういえば、運動が嫌いな私にぴったりの趣味がありました。シュノーケリングです。子ども時代から熱帯魚が大好きな従弟がいて、「海の中の美しさを知らない人は、この世の中の美しさの半分も見ていない」と言われたんです。その言葉に刺激されてシュノーケリングに挑戦したら、海の中って、本当に綺麗なんですよ。特に熱帯魚。造形もすごいし、色もとても鮮やか。本当に見飽きません。いったん海に入ったら、出たくなくなるくらいに好きです。シュノーケリングは浮いているだけで、歳をとってもＯＫですよ。また行きたいです。

村瀬　熱帯魚がいるのは、どのあたりの海なのかしら？

戸田　ハワイやオーストラリアのゴールドコーストです。バリ島もいいんですけど、クラゲに刺されそうでヒヤヒヤしました。熱帯魚はハワイのハワイ島が一番、感動的でした。本当に綺麗だったから、またあそこに行きたいなと思っていますが、これはかりは新型コロナが収まってくれないことには無理ですね。

ある日の読書会。作家の
朽木ゆり子さんも参加。
（写真提供／朽木ゆり子）

Talk About...

トーク7

「人との付き合い」について

「映画好きの友達と不定期に集まっています。年齢は、私と同じくらい。それぞれが勧めるDVDを観ながら、あれこれ語り合うというか、ギャアギャア騒ぐというか(笑)。映画は、会話の糸口になると思います」戸田

「知らない人に話しかけたりすることができないシャイな性格で、友達が非常に少なかったんですよ。……歳をとるとさらに減っていきます。今は、どこに行っても、もちろん私が一番年上です(笑)」村瀬

戸田　たいていの人は年齢が上がるにつれて友達が減っていくと感じるようですが、先生はブッククラブや大学の教え子さんなど若い方ともお付き合いがあって、いいですね。

村瀬　そうですね。でも、私自身があまりフレンドリーではないというか、知らない人に話しかけたりすることができないシャイな性格で、友達が非常に少なかったんですよ。

戸田　先生が留学なさった時代は、周囲に日本人もほとんどいなかったんでしょうね。

村瀬　アメリカに来た当初は英語もロクに話せなかったから、クラスについていくのに必死でした。大学院で研究を始めてからも年じゅう、論文を書かなくてはならないでしょう。論文を書くときは図書館にこもりきりになるから、友達と遊ぶなんてことはとても考えられませんでした。

戸田　大学で教鞭を執るとなると、アカデミックな世界だと足の引っ張り合いもありそうな気がします。友達よりもライバルが多くなりそう。

村瀬　ライバルなんて（笑）。日本美術を専門にしたら、なんたって言葉ができるのが強みでしたから。何か言われても、「じゃあ、あれ読んでおいでよ」って言い返せます。日本人じゃない人が一晩で日本語の分厚い本を読んではこられないでしょう。

戸田　確かに。そういう点では、先生の一人勝ちでしたね。

村瀬　そうよ（笑）。それに教え始めると、これまた一人きりでの仕事。ある意味、自分自身との格闘でした。講義の準備や論文執筆に日々、追いまくられていました。だから、あまり友達ができなかったんです。それに定年退職してからは大学の方々ともあまり交流がなくなってくるし、生活が違ってきますでしょう。それに退任後にメトロポリタン美術館で働き始めたら、ものすごく忙しくなってしまって、そこでもまた友達ができなかったりして。友達の数がもともと少なかったのに、歳をとるとさらに減っていきます。今は、どこに行っても、もちろん私が一番年上です（笑）。

戸田　日本にはご友人はおいでですか？　東京女子大学にいらしたわけだから、大学のご友人がいらっしゃるのでは？

村瀬　それがね、全然なの。卒業してしばらくはクラス会に出ていたんですけど、そのうちにつまらなくなっちゃったの。話が合わないんですよ。

戸田　そうね、わかるわ。

村瀬　みなさん、ご結婚なさっているから、話題といったら家庭のこと。それに日本の話ばかりでしょう。私は日本で生活をしていないから、まるっきり波長が合わないんです。そもそも面倒くさがり屋なもんで、そんなに煩わしい思いをしてまで友達に会う必要はないわと思い、クラス会には出なくなりました。

戸田　学生時代の友人に関しては、私の場合はちょっと特殊です。幼稚園から小学校、中学、高校までずっとお茶の水女子大学の附属に行ったんですよ。学校がそんなに大きいわけではないので、ずっと同じ人たちと学ぶわけです。幼稚園のころから知っているから、本当に兄弟や姉妹みたいな感覚です。全員の家族構成も知っているんですよ。

村瀬　今みたいに個人情報にうるさくない時代だし、子ども同士だとなんでも話しちゃうものね（笑）。

戸田　子どものときから知っているから、今さら隠し立てしても始まらないでしょう（笑）。あらゆることを知っているし、しかも成長期ってやっぱり人格形成にとって重要じゃないですか？　戦争で混乱した時期もありましたが、人格形成期でもある思春期には友達からいろいろな影響を受けました。今でもお茶の水時代の友人が一番多いです。

村瀬　それは、本当に幸せなことだと思います。私もニューヨークに住んでいる日本人と仲良しになってブッククラブに入れてもらったりしましたが、留学生や駐在関係の方は日本に帰る人が多いの。だから、本当に友達は少ないんです。

戸田　短期滞在の人と移住する人の差ですね。先生は日本に戻ろうと思われたことはないんですか？

村瀬　最初のうちは日本に帰るたびに周りから「帰ってこい」と言われましたよ。「仕事ならすぐに見つけてやるから」なんて言うんですよ。でも、当時は私も若くて鼻っ柱が強かったから、片っ端から断りました。

戸田　先ほど大学の同窓生とは波長が合わなかったとおっしゃいましたが、先生にとって波長の合う方というのはどういう方ですか？

村瀬　私は大体、人の話すことを聞いて「うんうん」と感心したり、茶々を入れたりするだけなのね。あまり自分のことを話したりもしません。でも波長が合うのは、興味が自分と似ている人や知的な会話ができる人が多いような気がします。みなさん、私よりずっとお若い方ですよ。

戸田　そういう若い方とはどこで知り合うんですか？

村瀬　やっぱり友達の友達だったりかしらね。それから年に数回開催されるお茶の会で知り合ったりします。

戸田　私にもひとまわり年下の友達グループがあります。清水先生経由で知り合った男性が、たまたま近所に住んでいたんです。日比谷高校出身だった彼のクラス会に誘われたことをきっかけに、毎年の集まりに顔を出すようになりました。年齢的にリタイアなさっているけど、官庁の元エリートや学者、画家やジャーナリストもいます。錚々《そうそう》たる方ばかりだから、話がすごく面白いんです。もう全員ご年配ですが、元気な方ばかり。だから、友達が減っていくという感覚は実感としてはないですね。

村瀬 戸田さん自身が面白いから、お友達も全然関係ない学校のクラス会に呼んでくださるんでしょうね。

戸田 いえいえ、私も先生と同じで、いつも周囲の話を拝聴しています。それぞれのメンバーがどういうお仕事をしていらしたのかもあまり知らないくらいですが、やっぱり話が面白い。同好の士で、同じことに興味を持つ人っていうのは貴重ですね。

村瀬 戸田さんもブッククラブを始めてみますか？　でも、あなたなら、映画クラブのほうがいいかもしれませんね。

戸田　実は、映画クラブというほど大袈裟ではありませんが、映画好きの友達と不定期に集まっています。年齢は、私と同じくらいで、戦後に映画を観て、映画ファンになるという同じ体験をした人たちです。それぞれが勧める映画ＤＶＤを観ながら、あれこれ語り合うというか、ギャアギャア騒ぐというか（笑）。古いミュージカルなんか観ると、一緒に歌っちゃったりしてますね。映画を観ると、いろいろな思い出や記憶が蘇《よみがえ》って面白いんです。

村瀬　思い出や記憶を共有できるのは素敵なことですね。

戸田　映画にはそういう力があると思います。例えば、知らない外国人と会っても、映画の話をするとつながります。あの映画がどうとか、あの俳優がという話題は、会話のとてもいい糸口になると思います。だから、友人を作るツールとして覚えておくといいかなと思いますね。

村瀬　本だと誰もが読んでいるとは限らないけど、映画だと間口が広いものね。
戸田　広いし、本当に共通の話題になりやすいです。先生、よくお電話をなさっている友達がいらっしゃると前にお聞きしたんですが、お友達とは普段はどのようにすごされているんですか？
村瀬　一緒に食事に行って、おしゃべりしたり。映画を観に行って、その後で食事をしたり。そんな程度かしらね。
戸田　観る映画はどうやって決めるんですか？
村瀬　その時々ですね。アメリカはレビューというものが一種の芸術のようになっていますから、「ニューヨーク・タイムズ」を毎朝読むときにそれを読みます。映画や演劇のレビューを読んでから、観たい作品を決めています。それと「ニューヨーカー」を購読していて、それらを隅から隅まで読んでいます（笑）。

戸田　「ニューヨーク・タイムズ」はかなり読みでがありますよね。日曜版なんか相当にぶ厚いでしょう。

村瀬　そういう意味では、日本の新聞は本当に退屈ですね。長期休暇で日本に戻るときは日本の新聞を読むけど、薄っぺらいなと思っていました。ページ数も中身も。

戸田　本当にそうですね。最近、日本の大手新聞社の紙面は全面広告ばかりで、がっかりです（笑）。ところで先生、話を戻しますが、男性のご友人と女性のご友人ではどちらがお付き合いしやすいですか？

村瀬　男性はご家族がいらっしゃるでしょう。個人的なお付き合いは難しいですよね。このあいだ「ニューヨーカー」に「結婚している男の人と付き合うかどうか？」というリサーチをした、半分ジョークみたいな記事が出ていましたね。

戸田　結婚した男性との付き合いというのは、ただのお友達という意味ですか？　それとも恋愛が絡むようなことを言っているのかしら？

村瀬　大した記事じゃなかったから詳しいことは忘れちゃったんですけど、「お昼を一緒に食べるか否か」ということだったと思います。

戸田　じゃあ、ただの友人付き合いですね。

村瀬　そんなことで大騒ぎするのは、※ペンス元副大統領くらいですよね（笑）。

戸田　先生は？　ご家庭がある男性とはお昼は一緒に食べたくないタイプですか？

村瀬　別にどうってことないですよ。だってミーティングの後で、ランチをご一緒することだってあるでしょう。そういうときは別に

ペンス元副大統領
マイク・ペンス連邦下院議員。２０１６年にドナルド・トランプ元大統領の当選に伴い、副大統領に就任。保守派の福音派クリスチャンで、「女性と二人きりで食事をしない。妻同伴でない限り、アルコールが提供されるイベントには参加しない」ルールで有名。

家族がいようがいまいが気にしないわね。

戸田　一緒に食事をするのとデートとは違いますよね。先生の恋愛経験について伺えますか？　私はそもそも結婚に魅力を感じていませんでした。だから、相手がどうこうというのではなく、持ち込まれたお見合いをすべて断っちゃったんです。

村瀬　そうですか。

戸田　先生も日本にいてお見合いを勧められたらきっと、そうなさったと思いますよ。

村瀬　私は前にも言いましたが、仕事と研究をしていたら、結婚のことを考える時期があっという間にすぎていったんですよ。

戸田　アメリカ映画だとお友達が恋人候補になりそうな男性を紹介するなんてことがありますけど、先生はどなたか紹介されました？

村瀬　あったかしら？　何しろ昔のことだから。それにね、美術史を学ぶ学生は女性が多いんですよ。それに美術関連のキャリアを持つ男の人は、ことに結婚していない男性となるとゲイが多いの。

戸田　美術関係者、というかクリエイティブな仕事をしている男性はゲイの方が多いとよく聞きますね。でも先生の若いころのお写真を拝見したら、とてもお綺麗でいらっしゃいます。若いころは相当モテたのではないかと思うのですが。

村瀬　モテたかもしれませんね（笑）。恋って、自然に落ちちゃうものだし。

戸田　まったくエモーションなんてのは、不思議なものですね。理屈じゃない。先生がおっしゃるとおりで、恋って、自然に落ちちゃうもの。でも落ちちゃうのはいいけど、たいてい別れるときが大変じゃないですか？

村瀬　そうですね。ひと目惚《ぼ》れはあっても、恋人同士が同時に嫌いになることはないものね。

戸田　必ず気持ちにズレがあるでしょう。そうするとややこしいことになって、どちらかが傷つくこともある。私はそういうことはやっぱり嫌で、なるべく避けるようにしていました。先生はこれまで結婚を考えた恋人はいらっしゃらなかったのですか？

村瀬　いましたよ。だけど、なんだか面倒くさいなと。

戸田　え？　何が面倒くさいんですか？

村瀬　そうね、いろいろと……。感情的なこともあるし、資産のこともあるし。私はね、恋愛方面に関しては怠惰なんだと思います。恋の怠け者。相手の親と付き合うなんてことも考えると億劫だし、ちょっと怖くもあったし。

戸田　ブルブルね（笑）。恋は何度かなさったということですね。面倒くさかったので結婚には至らず、と。私は恋愛よりも仕事をやりたいという思いが強かったから、恋愛関係はかなりないがしろにしていました。先生と同じで、私も恋愛方面では面倒くさがり屋でした。

村瀬　でも仕事柄、多くの男性と知り合うでしょう？　この人素敵ねって思う男性はいらしたんですか？

戸田　私は仕事関係者をそういう目で見たことがありません。それにはっきり言って、恋愛よりも仕事が面白かった。男性より数倍も面白い。40歳で字幕翻訳を始めてから、本当に仕事ばかりの日々でした。次から次へ好きなことができたから、ほかのことに頭が回らなかった。そりゃ少しは恋愛めいたこともあったけど、いろいろとややこしいことも起こるでしょう（笑）。

村瀬　やはり色恋沙汰がなかったわけではないのね。でも深入りすることを避けていた？

戸田　そうですね。深入りすればするほど後腐れがあるし、嫌じゃないですか。でも、その辺は古い過去の話。やはり恋愛は、理屈じゃないということですね（笑）。ところで先生、バツイチの友人が歳をとっても男の友達がいたほうが人生楽しいんじゃないかと言っているんですが、先生のご意見は？

村瀬　そういう考えの女性もいるのね。でも本当に歳とったら、男性の友達なんていなくなるんじゃない？　別に男の人じゃなくてもいいんですよ、友達は。

戸田　男性のほうが寿命が短いですしね（笑）。相手が既婚かどうかなんてことは一切意識しません。面白い人だったら、男でも女でも関係ない。ただし、つまんない人は嫌です。

Talk About...

トーク8

「終活」について

「花一輪も枯れるから美しいという見方もある。
滅びていく美しさってあると思いません?
天国とか何か先があると思うのは、
未練がましくて、ちょっと嫌(笑)」戸田

「セントラル・パークが大好きだから、
遺骨をパークの木の下にでも撒いてもらおうと思っていました。
私は、死んだら終わりだと思っていますから、
天国や地獄の存在も信じていません」村瀬

戸田　日本ではここ数年、「終活」が話題になることが増えています。この言葉はご存じですか？

村瀬　初めて聞きました。どういう意味？

戸田　死ぬための準備というか、余生を充実させるための活動といったところでしょうか。ちょっと気が滅入る話ですね。

村瀬　そういうことに人々が関心を持つのは、国としても、個人としても理想像がないからでしょうね。小さく、小さく、小さくなっていくのね。日本という国はもう、そんなに遠くない将来になくなるかもしれませんね。どういう形で消滅するかは興味もあるし、ちょっと長生きして見届けたい気持ちもあります。

戸田　少子高齢化もあって、日本はだんだん萎《しぼ》んでいっていますよね。だから「終活」なんてことが取り沙汰されるんでしょうね。先生はまだまだお元気ですけど、自分らしい人生の締めくくり方をお考えになります?

村瀬 締めくくりったって、いつ死ぬの?

戸田 確かに(笑)。では、例えば体調を崩して、入院せざるを得なくなった場合に、医師に対してどこまでの延命治療を望むかということはもう決めていらっしゃいますか?

村瀬 法的なことは、弁護士に任せているのね。私が死んだ後のアパートの処分や遺骨の扱いなどを取り決めた書類があって、そこに延命治療のことも書いています。やたらに命を長らえないように、と。

戸田 普通の日本人はあまり、弁護士にお願いする習慣がないので、遺言関係は銀行が関わってくれることが多いですね。遺言関係の部署があって、私も60代のときに銀行経由で一応、遺言状を作成しました。先生は何歳のときに遺言を作られましたか?

村瀬　70歳くらいだったかしら。蔵書をどうにかしなくてはならないと思ったのがきっかけです。中国人の学生が「もらえたら、ありがたい」と言ってくれたので、北京大学に寄贈することになっています。本のことはわりあい簡単に片付いたけれど、自宅のことになるともっと面倒なの。

戸田　老後は面倒なことが増えるし、葬儀や墓のことも避けては通れない話題ですよね。

村瀬　でも、「終活」っていうの？　死を迎える気持ちをみんなと議論するなんて、ちょっと馴染みませんね。やっぱり、最後のプライベートなことであるべきだと思います。

戸田　確かに、おっしゃるとおりです。死はプライベートな問題で、どう考えようが個人の自由です。各自が自分の考えで、自由にやればいいと思います。例えば葬儀だって不要だと思えばしなくてもいいと思っています。

村瀬　私は長生きしすぎたので、残っている友人も多くはありません。教え子たちも歳をとってきたし。多分、葬儀はやらないと思います。お葬式はやっぱり、来てくれる人がいなかったら寂しいでしょう？　長生きしすぎたなと思っています。

戸田　寿命はコントロールできるものではないですからね。長寿はそれなりに受け止めて、楽しむべきじゃないかと思いますよ。先生は長生きなさってて、不都合があるようには見えませんよ。パソコンもＺｏｏｍも使いこなしてますしね（笑）。

村瀬　今のところ、葬儀に関しては本当に何も考えていないわ。

戸田　日本では最近は、家族葬が増えています。とてもいいことだと思います。献花を並べた形式ばった葬儀ばかりで、今までも心から感銘を受けたことはありありません。

村瀬　それほど親しくなくても、同僚だからというだけで葬儀には顔を出したりしていましたね。

戸田　本当に親しい人が亡くなったら心の中で悲しみたいけれど、礼儀としてお通夜や葬儀に出るでしょう。形式的にお焼香して、直《なお》会《らい》をいただいて帰るだけ。だから世俗的なことを削ぎ落とす、葬儀の簡略化はとてもいいことですよ。

村瀬　人間って面倒くさいですね。生まれるときは「おぎゃあ」って出てくればいいんだけど。

戸田　死ぬのは大変ですよ。裸一貫で生まれて、裸一貫で死ねたら最高なのに。

村瀬　死んでも遺骨や遺灰が残りますからね。私はセントラル・パーク※が大好きだから、遺骨をパークの木の下にでも撒いてもらおうと思っていました。でも環境衛生の面で、それは無理なんだそうで

セントラル・パーク
マンハッタンにある都市公園。東西は5番街とセントラル・パーク・ウエスト通り、そして南北は59丁目から110丁目まで広がる広大な緑地。メトロポリタン美術館のほか、動物園やスケートリンクなどがある市民の憩いの場所。

す。本当にショックでした。

戸田　残念ですね。ニューヨークにお墓を買おうとは？

村瀬　考えていません。もう土地がないんじゃないかしら。それに墓を作ったとしても、誰も墓参りに来てくれないでしょう。今だって、あまり人が訪ねて来るわけでもないし。

戸田　墓参りの人がいなくなるのは寂しいですよね。でも狭い日本でお墓なんて、地面がもったいない気もします。

村瀬　セントラル・パークがダメならば、ハドソン川に撒くことも考えたのですが、それもNOだと言われました。いろいろ考えて、結局は遺骨を日本に郵送して、家族の墓に入れてもらうしかないみたい。味気ないわよね。

戸田　私の父は戦死者だったので、故郷にオベリスクのような立派な墓が建てられました。でも周囲には誰もお参りに来ない無縁仏があって、朽ちていくだけ。それは悲しいことですよ。大正生まれの母からして「墓はいらない」と言っていましたし、母の実家のほうの墓に形だけ入れています。そこには、愛猫の遺骨まで入ってますよ（笑）。

村瀬　まぁ、猫まで。

戸田　私の友人だった俳優のロビン・ウィリアムズ※は、自宅に面したサンフランシスコ湾に遺灰を撒いたんですよ。全部撒いたからお墓はありません。そういうのが一番潔いなと思います。私も死んだ後は、自然に帰るのが理想です。樹木葬のようなスタイルで遺灰を木の下に撒くのもいいし、海に撒いてもらって魚に食べられるのでもいいです。

村瀬　死んでしまった後のことなんか考えても、仕方ないですよね（笑）。私は、死んだら終わりだと思っていますから、天国や地

ロビン・ウィリアムズ
アメリカ人俳優。『グッド・ウィル・ハンティング／旅立ち』（1997年）でアカデミー賞助演男優賞を受賞。2014年没。

地獄草紙
地獄を描いた12世紀の絵巻物。国宝に指定されている。東京国立博物館と奈良国立博物館がそれぞれ所蔵。

ボッティチェリ
サンドロ・ボッティ

獄の存在も信じていません。コロンビア大学で日本美術の通史を教えていたときに一番楽しかったのは、平安時代に描かれた〈地獄草紙〉の説明でしたね。死んで地獄に落ちた人間が永遠に苦しむ図です。切り刻まれても夕方には蘇って、翌日また苦悩が始まる。

戸田　まさに地獄ですね。ボッティチェリ※がダンテ※の「神曲〈地獄篇〉」に共鳴して描いた「地獄図」にも暴力やさまざまな罪が描かれていて、怖いですよね。昔の人間がいかに地獄を恐れていたのかがよくわかります。逆にシスティーナ礼拝堂※にあるミケランジェロの〈最後の審判〉は、天国への憧れが一目瞭然ですね。

村瀬　日本でも平安時代に浄土教の教えが浸透して、死んだら浄土に行くという考えが広まりました。浄土は綺麗なところで、蓮《はす》の池の周りで菩薩《ぼさつ》が踊っている。死んだら菩薩になって、浄土で鎮座ましましてる。当時は日々の生活が大変で、その延長でしかない地獄

ボッティチェリ　ボッティチェリ。初期ルネサンス期イタリアで活躍した画家。メディチ家の依頼でダンテの「神曲」の挿絵を描いた。1510年没。

ダンテ　ダンテ・アリギエーリ。フィレンツェ出身の詩人、哲学者。1321年没。

システィーナ礼拝堂　ローマ教皇の公邸であるバチカン宮殿内にある礼拝堂。〈最後の審判〉は、東側の壁全体を覆う大傑作。

なんて考えたくなかったんでしょうね。

戸田　死んで浄土に行けるということで、死が美化されたんですね。

村瀬　完全にそうね。一人乗りの船に乗った行者が紀伊半島から南方の海に向かう※補《ふ》陀《だ》落《らく》渡《と》海《かい》が中世にはかなり流行しましたから。

戸田　浄土に行けるから死にに行くんですね。行者の頭にあったのは、浄土絵に描かれていた世界のはずで、まさにアートの力ですね。

村瀬　私は浄土なんてあるわけないと思っているし、行者や僧侶が本当に浄土絵を信じて船に乗ったのかも疑問ですね。

戸田　私も先生と同じで来世なんてないと思っています。来世を信じたい人はもちろんその人の自由。でも花一輪も枯れるから美しいという見方もある。滅びていく美しさってあると思いません？　天国とか何か先があると思うのは、未練がましくて、ちょっと嫌（笑）。

村瀬　老人の病人なんていうのはやっぱり悲惨な気がします。だか

補陀落渡海
行者が船に乗って海に出て、南方にある観音菩薩が降臨する浄土〈補陀落〉を目指す行為。有名な那智勝浦の補陀落渡海は868年に始まり、20世紀前半まで続いた。

ら、そういう問題を解決できる社会組織があるといいなと思います。個人的な考えですけど、あまりにも病状が進んで、回復の見込みがない場合は、医師にうまく処置してもらいたい。

戸田　安楽死ですね。スイスやオランダでは合法化されています。私も認知機能が衰えたり、治る見込みもないのに痛みで悶《もだ》え苦しむような場合は死なせてほしいと思います。

村瀬　オランダで数年前に、認知症を患っていた老女の安楽死を処置した医師が裁判にかけられる事件※がありましたね。当人が介護施設入所前に安楽死を希望する書類にサインをしていたから、医師が処置を決定したのですが、本人への意思確認が不十分とされたのです。そんなことにならないよう、頭が働いているときに医療関係者に向けた細かい指示をちゃんと書いておいたほうがいいですね。

戸田　先生、いくつかの州では医療援助による尊厳死が認められて

認知症患者安楽死裁判
2016年、アルツハイマー型認知症の女性（74歳）に安楽死処置を行った医師が検察に殺人罪で起訴され、有罪判決を受けた。しかし女性の家族が医師を擁護し、2020年に最高裁が無罪判決を下した。

いるとはいえ、アメリカでは安楽死に対する抵抗が大きいように感じます。

村瀬　キリスト教的な考え方が強い国ですからね。

戸田　日本も同じで、議論が全く進んでいません。先生はタブー視されているテーマにも向き合われているので、本当に感心します。「終活」もいいですが、これからは安楽死も大きなテーマになっていきそうです。

読書会で友人たちとの会話を楽しむ村瀬さん。（写真提供／朽木ゆり子）

戸田奈津子　略歴・出版

1936年　福岡県生まれ
1937年　父親の戦死後、母親とともに東京へ転居
1958年　津田塾大学学芸学部英文学科卒業
　　　　第一生命入社
1960年　第一生命退職
1970年　『野性の少年』で字幕翻訳者デビュー
1976年　「去勢された女」（ジャーメン・グリア著）を共同翻訳
1979年　フランシス・F・コッポラ監督の指名で『地獄の黙示録』字幕翻訳を手がける
1990年　「ガーフィールド」シリーズを翻訳
1992年　第一回淀川長治賞受賞
1994年　「男と女のスリリング　字幕スーパーで英会話レッスン」（集英社）出版
1995年　映画翻訳家協会会長に就任（～2000年）
　　　　「グリーングリーンの国から：ふしぎな子どもたちの伝説」（ケビン・クロスリー＝ホランド著）を翻訳

１９９７年　「字幕の中に人生」（白水社）出版
１９９９年　「男と女のスリリング　映画で覚える恋愛英会話」（集英社）出版
２００１年　「スターと私の映会話！」（集英社）出版
２００５年　「コーラスライン　ピアノ弾き語り集」翻訳
２００６年　「スクリーンの向こう側」（共同通信社）出版
２００８年　神田外語グループアカデミックアドバイザーに就任
２００９年　「字幕の花園」（集英社）出版
２０１１年　神田外語大学客員教授に就任
２０１４年　「KEEP ON DREAMING 戸田奈津子」
（金子裕子氏と共著）（双葉社）出版
２０１５年　「ときめくフレーズ、きらめくシネマ」
（金子裕子氏と共著）（双葉社）出版
２０１８年　「NOTES ON A LIFE―コッポラ・家族の素顔―」
（エレノア・コッポラ著）を翻訳

戸田奈津子　字幕を手がけた主な作品

（このリストの年度は日本公開年度です）

1980年　『地獄の黙示録』
1982年　『炎のランナー』『E.T.』
1983年　『トッツィー』『007　オクトパシー』
1984年　『ゴーストバスターズ』
1985年　『刑事ジョン・ブック』『アマデウス』『バック・トゥ・ザ・フューチャー』
1986年　『トップガン』
1987年　『アンタッチャブル』
1989年　『ダイ・ハード』『レインマン』
1990年　『フィールド・オブ・ドリームス』
1991年　『ダンス・ウィズ・ウルブズ』『シザーハンズ』
1993年　『ジュラシック・パーク』
1994年　『シンドラーのリスト』『日の名残り』
1995年　『フォレスト・ガンプ／一期一会』『アポロ13』『マディソン郡の橋』
1996年　『ミッション・インポッシブル』

1997年　『タイタニック』
1999年　『スター・ウォーズ エピソード1／ファントム・メナス』
2000年　『グラディエーター』
2001年　『ハリー・ポッターと賢者の石』
2002年　『ロード・オブ・ザ・リング』『シカゴ』
2003年　『パイレーツ・オブ・カリビアン／呪われた海賊たち』『ラスト サムライ』
2004年　『ビッグ・フィッシュ』
2005年　『ミリオンダラー・ベイビー』
2006年　『ダ・ヴィンチ・コード』『硫黄島からの手紙』
2007年　『ボーン・アルティメイタム』
2009年　『アバター』
2010年　『ラブリーボーン』
2012年　『バトルシップ』
2015年　『ジュラシック・ワールド』
2016年　『ジェイソン・ボーン』
2018年　『ミッション：インポッシブル／フォールアウト』
2021年　『007／ノー・タイム・トゥ・ダイ』

村瀬実恵子　略歴

1924年	樺太生まれ
1925年	父親の転勤に伴い、一家で南洋群島に引っ越し
1946年	東京女子大学英文学科卒業
1954年	フルブライト奨学生としてコロンビア大学留学
1962年	コロンビア大学で美術史の博士号取得
	イスラエル・ティコティン日本美術館館長
	コロンビア大学美術史考古学部教員
1964年	メアリー・グリッグス・バーク氏の聴講を認め、友人となる
1971年	「日本屏風絵展」監修@アジア・ソサエティ
1975年	「メアリー・バーク展」監修@メトロポリタン美術館
	コロンビア大学美術史考古学部教授
1995年	コロンビア大学退任後、同大の名誉教授に就任
	メトロポリタン美術館東洋部日本美術特別顧問（～2005年）
2000年	「夢の架け橋―メアリー・バーク日本美術展」監修@メトロポリタン美術館
2002年	「日本書道展」監修@メトロポリタン美術館

２００３年　「織部展」監修＠メトロポリタン美術館
２０１０年　瑞宝中綬章を受章
２０１１年　根津美術館の「KORIN展」で特別講演

村瀬実恵子　出版

１９８３年　「Iconography of the Tale of Genji: Genji Monogatari Ekotoba」出版
　　　　　　「日本の絵巻」監修（文化庁と共同監修）出版
１９８６年　「Tales of Japan: Scrolls and Prints from the New York Public Library」出版
１９９０年　「Masterpieces of Japanese Screen Painting: The American Collection」出版
１９９２年　「日本障屛画名品選—在米コレクション」（岩波書店）出版
２００３年　「Turning Point: Oribe and the Arts of Sixteenth-Century Japan」出版
２０１３年　「Japanese Art: Selections From Mary and Jackson Burke Collection」出版
２０１８年　「偉大なる飛躍：長谷川等伯の変容」を河合正朝氏（千葉市美術館館長・慶應義塾大学名誉教授）と共同監修・出版

戸田奈津子
一九三六年生まれ。東京都出身。津田塾大学英文科卒。映画字幕翻訳者・通訳。『地獄の黙示録』で本格的に字幕翻訳者としてデビュー。数々の映画字幕を担当。洋画字幕翻訳の第一人者としての地位を確立。ハリウッドスターとの親交も厚い。

村瀬実恵子
一九二四年樺太生まれ。東京女子大学英文科卒。コロンビア大学名誉教授、メトロポリタン美術館東洋部日本美術特別顧問などを歴任。二〇一〇年、瑞宝中綬章を受章。親交のあった日本美術収集家、メアリー・バークの収集をサポート。展覧会の企画、監修をするなど活躍。

枯《か》れてこそ美《うつく》しく

２０２１年11月30日　第１刷発行

著　者　戸《と》田《だ》奈《な》津《つ》子《こ》　村《む》瀬《らせ》実《み》恵《え》子《こ》
発行者　樋口尚也
発行所　株式会社　集英社
〒１０１―８０５０　東京都千代田区一ツ橋２―５―１０
電話　編集部　０３―３２３０―６１４１
読者係　０３―３２３０―６０８０
販売部　０３―３２３０―６３９３（書店専用）
印刷所　凸版印刷株式会社
製本所　株式会社ブックアート

ISBN978-4-08-781706-5 C0095